J. H. MacLehose

Geheime Fracht

Zwei Liebende wagen alles für den Glauben

R. Brockhaus Verlag Wuppertal

Das Buch erschien unter dem englischen Original-Titel:
»The Burnished Sword«
im Verlag: Blackie & Son Ltd. London-Glasgow
die erste deutsche Originalausgabe
im R. Brockhaus Verlag Wuppertal
unter dem Titel: »Wir reiten in der Nacht«
Leicht gekürzte Ausgabe

Deutsch von Dr. Udo Rühl

2. Taschenbuchauflage 2001

Umschlag: Ursula Stephan, Wetzlar
Druck und Bindung: AIT Trondheim, Norwegen
ISBN 3-417-21929-9
Bestell-Nr. 221 929

Vorspiel – Antwerpen 1526

In einer Sommernacht des Jahres 1526 schlief die Stadt Antwerpen friedlich unter wolkenverhangenem Himmel. Die hohen schmalen Häuser zu beiden Seiten der engen Straßen schauten einander stumm an. Die Menschen hinter ihren Mauern träumten selig und ahnten nicht, daß in dieser Nacht im Hafenviertel ihrer Stadt etwas vorging, das von Bedeutung für die kommenden Jahrhunderte werden sollte. Sie träumten von Geld und Geschäften, von Liebe und Haß und hörten nicht die heimlichen, vorsichtigen Schritte in den Gassen.

Im Hafen von Antwerpen, dem wichtigsten Seehafen der damals dem König von Spanien gehörenden niederländischen Provinzen, herrschte ein reger Verkehr wie in keinem anderen in ganz Europa. Auch in dieser Nacht waren die in langer Reihe am Ufer der Schelde sich hinziehenden Lagerhäuser bis oben hin mit Kisten und Ballen, mit Waren aus allen Teilen der Welt angefüllt. Ein ganzer Wald von Masten hob sich in verschwommenen Umrissen aus der Dunkelheit ab, und die Laternen im Takelwerk schwankten leise im Rhythmus der Wellen. Gelegentlich kehrte ein verspäteter Matrose auf sein am Kai liegendes Schiff zurück, aber die meisten schnarchten bereits in ihren Kojen, oder sie vergnügten sich in den Hafenkneipen nach der Mühsal einer langen Seereise.

Am äußersten Ende des Kais öffnete sich plötzlich die Tür einer der kleinsten dieser Kneipen. Eine stämmige Gestalt zeichnete sich für einen Augenblick gegen den hellen Lichtschein ab, zog die Tür hinter sich zu und schritt zum Ufer hin.

»Zum Kuckuck, wo bleibt dieser unpünktliche Holländer! Soll ich seinetwegen hier warten und die günstigste Strömung zum Auslaufen verpassen? He, Jonas!«

Auf den unwirschen Ruf des Kapitäns antwortete aus dem Dunkel eine Stimme von dem einige Meter seitwärts vor Anker liegenden Schiff.

»Schick den Schiffsjungen herunter! Er soll nachsehen, ob sie noch immer nicht kommen. Wir müssen gleich auslaufen – mit oder ohne die Ballen!«

Nach einigen Augenblicken verriet das Tappen bloßer Füße auf dem Kies der Gasse, daß der Junge unterwegs war.

Der Käpt'n stellte sich vor die Tür der Kneipe. Über ihm hing das bunte Wirtshausschild. Die Uferstraße war menschenleer. Zu seiner Linken fiel gedämpfter Lichtschein durch die roten Vorhänge und zeichnete ein schwach erhelltes Viereck auf den Kies. Ganz verschwommen konnte er die Umrisse seines abfahrbereiten Schiffes, der »Blonden Maid«, erkennen.

Plötzlich begann das Schild in seinen Angeln leise zu knarren.

»Wind!« brummte er und blickte besorgt zum Wolkenhimmel auf. Hier und da glitzerte verräterisch ein Stern durch. Er krauste die Stirn.

»Diese Krämer sind sich alle gleich. Wenn sie ihr eigenes Schäfchen im trockenen haben, pfeifen sie auf anderer Leute Sorgen. Wenn er in einer halben Stunde nicht hier ist, fahre ich ab, und damit basta!«

Er fingerte nachdenklich in seinem struppigen Seemannsbart herum, warf noch einen Blick nach oben, riß die Tür auf und stapfte wieder hinein.

Drinnen ging's lustig zu. An einem rohen runden Tisch saßen ein halbes Dutzend holländischer Seeleute, die ihre glückliche Rückkehr von langer Seefahrt feierten. Ihre ledernen Becher schwingend, stampften sie mit den Füßen den Takt zu einem Lied, das sie mit rauhen, sturmerprobten Kehlen schmetterten. In der hinteren Ecke lag ein Hausierer, dem der Lärm anscheinend nichts ausmachte, schlafend auf einer Bank. Sein Bündel lag neben ihm auf dem Boden, und sein lautes Schnarchen füllte die Pausen in dem Gesang aus.

Die Wirtin machte sich schäkernd und scheltend am Matrosentisch zu schaffen und sorgte dafür, daß die Krüge nicht leer blieben. Dabei ließ sie kein Auge von der Kellnerin, die unermüdlich Schüsseln mit dampfender Suppe und Platten mit Roggenbrot und Käse aus der Küche herbeischleppte, und die mit ihrem pausbäckigen, frischen Gesicht und ihrer in bauschigen Röcken steckenden drallen Figur selber fast wie ein runder Holländer Käse aussah.

Kapitän Nicholas schritt durch das Lokal auf einen hoch aufgeschossenen jungen Mann zu, der sich auf der Ofenbank räkelte und seine langen Beine weit von sich streckte. Auch er trug einen groben Seemannsmantel und Wasserstiefel, aber das feine Wams, das unter dem offenen Mantel hervorschaute, und sein so gar nicht wettergebräuntes Gesicht straften seine Kleidung Lügen. Der Käpt'n schob mit dem Fuß die langen Beine beiseite und setzte sich neben den jungen Mann.

»Dick«, sagte er mit gedämpfter Stimme, »unser Kaufmann ist noch nicht da. Ich muß vor einsetzender Ebbe fort, oder ich bekomme Schwierigkeiten, und außerdem tut sich ein Wind auf. Aber schließlich kann ich eure Ballen auch nicht hier liegenlassen, ohne daß jemand dahinterkommt. Was soll ich machen?«

Der junge Mann trank seinen Krug leer, stand auf und knöpfte mit sorgenvoller Miene seinen Mantel zu.

»Kommt mit hinaus«, sagte er. »Vielleicht ist inzwischen wenigstens Nachricht von ihnen gekommen.«

Der Kapitän holte ein paar Münzen aus der Tasche und warf sie mit den Worten: »Hallo, Wirtin! Hier ist Geld für unsere Zeche. Was übrigbleibt, ist fürs nächste Mal!« auf den Tisch. Dann folgte er mit kurzem Gruß dem anderen, der bereits vor der Tür stand.

Draußen war es noch stockdunkel, aber der Wind war inzwischen merklich stärker geworden. Das Schild knarrte verdrießlich, und die Wellen klatschten leise gegen die Ufermauern. Die beiden bogen in eine der engen, krummen Gassen ein, die vom Hafen zur Hauptstraße führten.

»Die Sache gefällt mir nicht!« knurrte der Kapitän. »Ich vergebe nie mehr einen wichtigen Auftrag an einen Holländer. Er wird's verpfuscht haben, verlaßt Euch drauf. Ihr hättet selbst nach Worms reisen oder wenigstens einen zuverlässigen englischen Landsmann schicken sollen!«

Der andere faßte ihn plötzlich am Arm. »Still! Ich glaube, sie kommen. Der Holländer ist schon in Ordnung, wir kennen unsern Mann!«

Vom anderen Ende der Gasse her hörte man leises Klappern von Hufen. Dann war es wieder still, aber unter dem Sausen des Windes konnten sie dann und wann noch das schlurfende Geräusch von Schritten unterscheiden. Sie lauschten gespannt in die Dunkelheit, und bald war ganz deutlich der Hufschlag der Packpferde zu hören, die gemächlich die Gasse herunterkamen. Jetzt tauchte auch hinter einer Biegung eine Laterne aus der Dunkelheit auf. Sie warf einen schwachen Lichtschein auf die Beine des Leitpferdes und auf den Boden. Der Kapitän eilte zum Schiff, um die Mannschaft für die Übernahme der verspäteten Ladung zu alarmieren. Der junge Mann ging dem Zug entgegen. Der Mann mit der Laterne blieb stehen, hob sie über den Kopf und betrachtete prüfend den Näherkommenden.

»Richard Carver?« fragte er. Der junge Mann nickte.

»Ihr kommt sehr spät, mein Freund. Ist etwas schiefgegangen?«

»In Köln hatten sie von unserem Transport erfahren«, antwortete der Holländer mit gedämpfter Stimme, »man wollte uns abfangen. Aber ein Freund hat uns rechtzeitig gewarnt, und so haben wir die Stadt umgangen.«

Richard Carver machte ein bedenkliches Gesicht. »Dann werden sie jetzt hinter Euch her sein. Wir dürfen keine Minute verlieren!« Bevor das letzte Pferd die Uferstraße erreicht hatte, war schon die Packlast der vorderen von einem halben Dutzend Paar starker Arme an Bord gehievt.

Plötzlich wurde die geschäftige Stille durch einen Schrei zerrissen. Eines der erschöpften Tiere hatte heimtückisch ausgeschlagen und den Arm eines Mannes getroffen, der gerade die Traglast des Nachbarpferdes ablud. Mit einem Fluch ließ er sie fallen und sprang beiseite. In dem entstehenden Durcheinander erschien Richard Carver und mahnte: »Vorsicht, Leute, die Ballen sind sehr wertvoll! Das ist kein gewöhnliches Leinen, sondern beste Handarbeit der tüchtigsten Weber, die es auf dem Kontinent gibt. Hier, helft mir diesen Ballen verladen. Er ist aufgesprungen.«

Bald war die ganze Ladung sicher im Schiffsrumpf verstaut, und Carver verabschiedete sich von dem Transportführer. »Ihr habt gute Arbeit geleistet, van Dusen, viel Glück weiterhin, und bringt bald eine ähnliche Ladung aus Worms!«

»Und Euch eine glückliche Überfahrt! Ich werde unserem Freund berichten, daß alles geklappt hat. Möge Eure Ladung den erhofften Erfolg bringen!« Er wandte sich um und geleitete die Pferde durch die Gasse zurück, wo sie bald von der Dunkelheit verschluckt wurden.

An Bord huschten eilige Füße über die Planken, gedämpfte Kommandos ertönten und eine Trillerpfeife schrillte durch die Stille der Nacht. Die Taue, mit denen das Schiff am Kai verankert war, wurden gelöst und die Segel gesetzt. Vor günstigem Wind glitt es lautlos meerwärts und war unter dem wolkenverhangenen Himmel schnell den Blicken entschwunden.

Die Uferstraße lag wieder still und friedlich, als sich die Tür der Kneipe öffnete und der Hausierer schlaftrunken heraustrat. Die kühle, frische Luft tat ihm wohl, und als er planlos am Ufer entlangschlenderte, war nichts mehr von der geschäftigen Tätigkeit zu merken, die noch vor kurzem hier geherrscht hatte. Plötzlich stieß sein Fuß an einen kleinen eckigen, harten Gegenstand, der auf dem Kies lag. Er bückte sich, hob ihn auf und stellte fest, daß es ein Buch war, ein kleines Buch in festem Einband.

Das war ein sonderbarer Fund mitten in der Nacht auf einer verlassenen Uferstraße, und er ging zum erleuchteten Fenster, um es sich näher anzusehen. Er schlug das Titelblatt auf und entzifferte mühsam die verschnörkelten Buchstaben:

NEUES TESTAMENT – INS ENGLISCHE ÜBERTRAGEN

Er las es laut, stockend. Dann hob er den Kopf und sah sich um, wie um sich zu vergewissern, daß ihn niemand gehört hatte.

»Das Wort Gottes«, sagte er langsam, »und in meiner Muttersprache! Das ist eine sonderbare Fracht für einen rauhen Seebären. Ich glaube, das Schiff, das diese Nacht hier am Kai lag, hat keine alltägliche Ladung mitgenommen!«

Ein Windstoß fuhr um die Ecke und trug ein neues Geräusch heran: den Hufschlag mehrerer auf der Hauptstraße herangaloppierender Pferde, und bald war auch schwaches Waffengeklirr zu erkennen. Der Hausierer verstaute schnell den Fund in einer Innentasche seiner Lederjacke und eilte in die Kneipe zurück, bestellte einen Krug Bier und setzte sich in eine halbdunkle Ecke. Kurz darauf hörte man draußen Pferdegetrappel, Waffengerassel, Hin- und Herlaufen, Kommandos und Flüche. Die Tür wurde aufgerissen, und eine Gruppe von etwa zehn Männern drängte in die Wirtsstube, voran ein Offizier in der Uniform der spanischen Leibgarde, hinter ihm einige Soldaten in Lederjacken, Stahlhelmen und Brustpanzern.

Der Hausierer konnte aus einer Ecke auch ein paar Priester erkennen, deren kahlgeschorene Schädel sich neben den helmbewehrten Köpfen der Soldaten recht seltsam ausnahmen.

Die holländischen Matrosen an dem runden Tisch starrten, soweit sie noch nicht eingeschlafen waren, die Eintretenden wortlos an. Die Wirtin ging angsterfüllt auf sie zu, sich bei jedem zweiten Schritt ehrfürchtig verneigend.

»Wo ist das englische Schiff, das vorhin hier am Kai lag? Der Lump von einem Kapitän war wohl ein guter Freund von dir?« fuhr der Offizier sie an.

»O nein, hoher Herr, kein Freund, nur Stammgast, hoher Herr – und das Schiff ist weg. Seit einer Stunde ist es weg, hoher Herr.«

»So? Ist es weg? Und weißt du nicht, daß es zweitausend Bibeln an Bord genommen hat? Zweitausend Bibeln, die dieser elende Ketzer William Tyndale ins Englische übersetzt hat? Möge er in der Hölle braten!« schrie der Offizier sie an. Während er nach Luft schnappte, sagte sie unter vielen Verbeugungen:

»Davon weiß ich nichts, hoher Herr. Ich weiß nur, daß er Stoffballen geladen hat.«

»Stoffballen, jawohl! Aber in ihnen waren die schändlichen ketzerischen Bücher versteckt. In Köln sind uns die Kerls durch die Lappen gegangen, und hier anscheinend auch!«

Er drehte sich nach seinen Soldaten um: »Die Vögel sind fortgeflogen, Leute, aber wir können noch den Schurken, den Holländer erwischen, der uns in Köln an der Nase herumgeführt hat!«

Dann schob er sie hinaus, blieb noch einmal stehen und sagte, zur Wirtin gewandt: »Hüte dich nur ja, mit Ketzern gemeinsame Sache zu machen! Es ist gefährlich für Leib und Seele!«

Draußen hörte man wieder Rufe und Pferdegetrappel; dann war der ganze Spuk verschwunden, und es herrschte wieder tiefe Stille am Kai. Der Hausierer in seiner Ecke betastete seine Jacke, um sich zu überzeugen, daß sein Fund in Sicherheit war.

»Zweitausendmal das Neue Testament in englischer Sprache«, sagte er zu sich selbst. »Das ist ein schwerer Schlag für den Heiligen Vater! Und diese kleinen Bücher werden dafür sorgen, daß sich die Ketzerei in England schnell ausbreitet, und selbst König Heinrich wird sie nicht unterdrücken können!«

1.

Nach dieser Sommernacht des Jahres 1526 brachen für die kleinen braunen Bücher, die in den so harmlos aussehenden Stoffballen sicher geborgen waren, Jahre der Wanderung und des Abenteuers an. Wenn die Schiffe, die sie über den Kanal brachten – denn sie wurden nicht alle auf einmal und zum selben Hafen transportiert – die englischen Häfen erreichten, wurden die Büchlein aus ihrem Versteck geholt. Treue Freunde und Helfer nahmen sie mit ins Innere des Landes und sorgten dafür, daß sie den Weg bis selbst in die entlegensten Gegenden fanden.

In den Häusern wohlhabender Londoner Kaufleute, in prunkvollen Abteien und in bescheidenen Klöstern, auf den Herrensitzen des Landadels und auf Bauernhöfen – überall waren diese Bibeln sehr begehrt, überall wurden sie liebevoll gehegt und immer wieder heimlich von vorn bis hinten durchstudiert.

An zu vielen Orten des Landes hatten sich Priester und Prälaten als unwürdige Hirten ihrer Herde erwiesen. An der Spitze der Kirche standen Männer wie der Kardinal Wolsey und Bischof Tunstal – verschlagene Politiker, deren Denken nur von weltlichem Ehrgeiz beherrscht war. Andere, wie der Bischof von Worcester, lebten in Saus und Braus im Ausland und kümmerten sich herzlich wenig um die Seelen derer, die ihrer geistlichen Obhut anvertraut waren.

Viele Pfarrer waren ehrlich bemüht, ihre Pflicht in ihren Gemeinden zu erfüllen, aber es wurde ihnen unmöglich gemacht durch das Treiben der Bettelmönche, die scharenweise das Land durchzogen und mit ihren Ablässen, Absolutionen und Reliquien die Armen, die Dummen und Abergläubischen ausplünderten. Selbst unter den Pfarrern gab es manche, die genauso unwissend und abergläubisch waren wie die, zu deren Erziehung und geistlicher Führung sie eingesetzt waren.

Diese traurigen Verfallserscheinungen in der römischen Kirche veranlaßten zahllose Gläubige, sich von ihr abzuwenden und anderswo Führung und Halt zu suchen. Einige unter ihnen, so erlauchte Geister wie der Holländer Erasmus von Rotterdam und sein englischer Freund Thomas More, wollten die Kirche von innen heraus erneuern. Andere folgten dem Deutschen Martin Luther, weil sie keinen anderen Ausweg mehr wußten, als mit der Vergangenheit und mit der Kirche ihrer Väter zu brechen.

Aber allen war gemeinsam, daß sie auf die Bibel zurückgingen, um aus ihr Kraft und Rat zu schöpfen. Erasmus selbst schrieb zu seiner griechischen Ausgabe des Neuen Testaments: »Ich möchte wünschen, daß auch alle Frauen das Evangelium und die Briefe des Apostels Paulus läsen. Ich möchte, daß beides in alle Sprachen der Welt übersetzt würde, so daß es nicht nur von Schotten und Iren, sondern auch von Türken und Sarazenen gelesen werden könnte. Ich möchte, daß der Landmann hinter seinem Pflug, der Weber an seinem Schiffchen Teile aus ihnen singt und daß der Wanderer sich mit ihnen über die Mühsal des Weges hinwegtröstet.«

Es war das gleiche Bestreben, das William Tyndale, einen unbekannten Geistlichen aus der Grafschaft Gloucester, dazu trieb, die Bibel ins Englische zu übersetzen. Entsetzt über die Unwissenheit der Geistlichkeit weit und breit, rief er einem von ihnen zu: »Wenn Gott mich am Leben erhält, werde ich einen Bauernburschen, der seine Felder pflügt, in kurzer Zeit mehr lehren, die Heilige Schrift zu kennen, als du von ihr kennst!«

Gezwungen, bei evangelischen Christen in Holland und Deutschland Schutz zu suchen, vollendete er hier sein großes Werk, bis die Bücher ihre geheime Reise nach England antreten konnten. Aber noch standen die maßgebenden Männer abseits. Weder wollten sie sein Werk anerkennen noch das Erscheinen der Bibel in ihrem Vaterland begrüßen. In Predigten wurden ihm grobe Übersetzungsfehler vorgeworfen. In den Straßen von London wurden Scheiterhaufen angezündet, auf denen man die kostbaren Büchlein verbrannte. Ihre Besitzer und ihre Verbreiter wurden mit Geldstrafen belegt. Als keine dieser Methoden die Leute daran hindern konnte, die in der Muttersprache gedruckte Bibel zu kaufen und zu lesen, gingen die Behörden strenger und rücksichtsloser gegen die vor, die ihren Verboten trotzten.

So standen die Dinge, als an einem schönen Vorfrühlingstag des Jahres 1528 der Hausierer Hubert mit seiner Kiepe über Land zog und auch auf das Rittergut Fairlawn kam, das nicht weit von Bristol in einem Wiesental zwischen bewaldete Hügel eingebettet lag. Er war hager und sehnig, trug eine Hose aus grober Leinwand und eine Lederjacke, die von dem ständigen Reiben der Kiepe arg verschlissen war. Sein faltiges, wettergebräuntes Gesicht trug die Spuren des Aufenthaltes im Freien zu jeder Jahreszeit. Sein spärlicher Bart um Kinn und Wangen war leicht ergraut und verriet, daß seine Jugend ziemlich weit zurücklag. Aber seine stahlblauen Augen strahlten Unternehmungslust aus, und seine Schritte waren leicht und federnd.

In einer Laube sah er Anne Medway sitzen, die Tochter des Gutsherrn, und er begann, seine Waren vor ihr auszubreiten. Sie aber winkte mit einem kleinen Seufzer ab: »Es hat keinen Zweck, Hubert, mir die Sachen zu zeigen. Du mußt schon damit ins Haus zu Tante Katherine gehen!«

Er aber brachte mit behenden Fingern neue Schätze ans Licht und legte sie vor ihr auf den Tisch: Seide und Bänder in allen Farben des Regenbogens. Als sie sich niederbeugte und verlangend in ihnen wühlte, betrachtete er sie mit zärtlichen Blicken. Er kannte sie nun schon, seit sie vor siebzehn Jahren das Licht der Welt erblickt hatte, und stellte bewundernd fest, wie anmutig ihre Bewegungen waren. Sie war gewachsen. Sie hatte tiefblaue Augen und dunkles Haar. Ein kirschfarbenes Band, das gut zu dem Samtbesatz ihres grünen Kleides paßte, hielt ihre Locken zusammen.

Plötzlich kam zwischen den hübschen Sachen ein kleiner brauner Gegenstand zum Vorschein, der eigentlich so gar nicht zu seiner bunten und lustigen Nachbarschaft paßte. Bevor Hubert ihn verschwinden lassen konnte, hatte sie ihn schon ergriffen.

»Ein Buch, Hubert! Du hast doch bis jetzt noch nie Bücher bei dir gehabt!« rief sie und schlug es voller Neugier auf.

»Es ist nichts, Fräulein, es ist gar nichts!« versicherte er und versuchte, es ihr abzunehmen. Aber sie hielt es fest.

»Das Neue Testament in englischer Sprache«, las sie langsam.

»Wie kommst du an dieses Buch, Hubert? Willst du es verkaufen? Ich möcht's schon gerne haben!«

Aber der Hausierer schüttelte den Kopf und riß es ihr aus der Hand. Sein energisches Gesicht wurde fahl und schlaff, und er fuhr sich mit der Zunge über die ausgetrockneten Lippen, bevor er sagte: »Nein, nein, Fräulein! Dieses Buch habe ich nicht zu verkaufen. Das ist nur so ein närrischer Einfall von mir, es mit mir herumzutragen. Aber ich habe es vor ein paar Jahren in einer dunklen Nacht irgendwo im Ausland an einem einsamen Kai gefunden und dachte mir, es könne mir vielleicht Glück bringen. Das Hirngespinst eines alten Mannes, Fräulein. Bitte, sprecht mit niemandem darüber! Ihr seht, es ist nur eine komische Grille.«

Er schickte sich an, es in die Tasche zu stecken, aber Anne nahm es ihm noch einmal ab, strich zärtlich mit der Hand darüber und ließ die Seiten durch ihre Finger gleiten.

»Ich möchte es gern Tante Katherine zeigen. Sie hat mir von einer englischen Bibel erzählt, die mein Großvater im Hause hatte, als sie und meine Mutter noch Kinder waren. Sie war von Wiclif übersetzt. Eines Tages war sie verschwunden, und keiner wagte zu fragen, wo sie geblieben sei.«

Der Hausierer nickte verständnisvoll. »Ja, ich habe einmal eine solche Bibel gesehen. Die meisten Leute, die sie besaßen, hatten ihretwegen viel Leid und Verfolgung auszustehen.«

»Wir müssen dieses Buch haben!« rief Anne. »Wer hat es übersetzt?«

»Herr William Tyndale, Fräulein. Ein gelehrter und frommer Mann. Er lebt aus Angst vor dem König und diesem aufgeblasenen Marktschreier, dem Kardinal Wolsey, im Ausland. Sie würden ihm sein edles Werk verbieten, aber in Holland und in Deutschland ist er vor ihnen sicher.«

»William Tyndale! So hieß doch der Kaplan in Sodbury? Der war Walters Hauslehrer, und weil er die Universität Oxford so lobte, hat Vater meinen Bruder dorthin geschickt.«

»Ja, Fräulein, er war Kaplan in Sodbury«, bestätigte Hubert.

Langsam stieg in Anne die Erinnerung an das wieder auf, was sie von dem stillen, gelehrten jungen Geistlichen gehört hatte, der ihren Bruder unterrichtet und in ihm den Lerneifer geweckt hatte, der ihn nach Oxford führte. Er war ein vornehmer, bescheidener junger Mann gewesen, aber auch herzlich und gütig in seiner scheuen Gelehrtenart.

Später, so schien es ihr, war er im Hause nicht mehr so gern gesehen. Tante Katherine fand allerdings immer warme Worte für ihn, aber der Vater war immer sehr förmlich, wenn Herrn Tyndales Besuch gemeldet wurde. Eines Tages kam er, um Lebewohl zu sagen. Das muß etwa zwei Jahre, bevor Walter nach Oxford ging, gewesen sein. Er würde nach London reisen, hatte er gesagt. Aber das war das letzte, was Anne von ihm gehört hatte.

Nun begann sie sich zu fragen, was das alles bedeutete. War er vielleicht ein Anhänger Wiclifs, ein Ketzer? Aber diesen Gedanken verwarf sie sofort, denn die, so hatte sie gehört, waren ja gottlose Verräter, die die Ordnung umstürzen und rauben und plündern wollten. Aber warum hatte ihn der Vater so kühl behandelt? Und warum sollte er als Geistlicher nicht die Bibel in seine Muttersprache übersetzen?

Endlich kam sie zu einem Entschluß. »Ich werde selbst nach Sodbury gehen und mich nach ihm erkundigen!«

»Fräulein Anne, Ihr müßt vorsichtig sein!« warnte der Hausierer und versuchte, ihr das Buch wegzunehmen. »Diese Bibeln sind ohne die Erlaubnis des Königs und des Kardinals übersetzt. Sie werden im Ausland gedruckt und dürfen nicht nach England gebracht werden. Sie kommen nur heimlich und auf Umwegen ins Land. In den Straßen Londons hat man sie schon verbrannt. Betet zu den Heiligen, daß nicht eines Tages auch Menschen verbrannt werden, weil sie sie besitzen!«

Anne wurde bleich. »Solch schreckliche Sachen darfst du nicht sagen, Hubert. Vielleicht sind Fehler und Irrtümer in diesem Buch, und man hat es deswegen verbrannt. Aber es wird doch niemandem einfallen, anständige Menschen zu verbrennen, bloß weil sie das Wort Gottes in ihrer eigenen Sprache lesen!«

»Wir werden sehen, Fräulein, wir werden sehen!« Das war alles, was er zur Antwort gab. Anstatt das Buch in die Kiepe zurückzulegen, steckte er es sorgfältig in eine Innentasche seiner Jacke.

Von der Terrasse erscholl die Stimme Tante Katherines, die nach Anne rief. Der Hausierer raffte hastig seine Sachen zusammen und begann, sein Bündel zu schnüren. Das Mädchen tippte ihm mit dem Finger an den Arm und flüsterte: »Hubert, bring mir bitte eins von diesen Büchern mit, wenn du wieder vorbeikommst. Du kannst mir trauen, ich werde dich nicht verraten, und ich verlasse mich auch auf dich. Sag ja, Hubert, ich möchte es so herzlich gern haben!«

Der Hausierer blickte sich verstohlen um. Niemand war in der Nähe. Die Sonne schien warm und freundlich und verscheuchte jeden Gedanken an Gefahr.

»Die ich mit hatte, sind alle verkauft«, sagte er leise, »aber vielleicht, wenn ich wiederkomme. Auf Wiedersehen, Fräulein Anne. Gott sei mit Euch!«

Er schulterte sein Gepäck und ging davon, durch das Tor an den Viehställen vorbei zum gegenüberliegenden Ausgang hin, wo er bald von Knechten und Mägden umringt war, die eifrig auf ihn einredeten.

Anne ging ins Haus. Als sie auf der Suche nach ihrer Tante in die Küche kam, stieß sie auf Bruder Antonius, den Dominikaner. Anne scheute den durchbohrenden Blick seiner schwarzen Augen. Er begrüßte sie mit der biederen Vertraulichkeit, die er den meisten jungen Mädchen gegenüber an den Tag legte und die ihr so sehr mißfiel.

»Ei, sieh an, Fräulein Anne! Ich stehe hier mit einem ganzen Beutel voll Ablässen, und Ihr seid nicht da! Ihr kommt ja gerade recht. Welche kleinen Sünden hat man denn dem Bruder Antonius zu beichten?«

Ihr fiel die Unterhaltung mit Hubert ein, und zu ihrem Ärger fühlte sie, daß sie errötete. Der Mönch merkte es natürlich sofort.

»Oho, mein Fräulein«, kicherte er, »hat man die Messe versäumt? Oder gar einem jungen Galan heimliche Gunst erwiesen? Der Ablaß dafür soll Euch nur einen Pfifferling kosten, und die

Buße soll so schwer wiegen wie eine Flaumfeder.«

»Danke«, erwiderte Anne kühl, »ich beichte bei dem frommen Pater Matthias. Wenn Ihr Eure Ablaßbriefe verhandeln wollt, wendet Ihr Euch am besten an die Mägde in der Küche und in den Milchkammern; die werden sich freuen, Euch zu sehen.« Damit ging sie weiter – einen Augenblick zu früh, als daß sie das boshafte Aufblitzen in seinen Augen hätte sehen können.

»Ein hochmütiges Geschöpf heute unser Fräulein Anne. Aber ich werde schon dahinterkommen, warum sie errötet!«

Er wandte sich um, und da sah er, wie draußen auf dem Hof unter einem Torbogen ein Handelsmann seine Waren vor den Knechten und Mägden ausbreitete, die ihn umdrängten.

»Hubert der Hausierer«, murmelte er. »Habe ich ihn nicht gestern an Herrn Halletts Tür gesehen?«

Er blickte nachdenklich den Gang hinunter, durch den Anne verschwunden war, und dann wieder mit denselben bohrenden Gedanken zu Hubert hinüber. »Ich muß ein paar Worte mit Diggory sprechen!« knurrte er und schritt auf die um den Hausierer versammelte Gruppe zu.

2.

Einige Tage nach dem Besuch des Hausierers auf Fairlawn ging Anne mit munteren Schritten den Reitweg hinunter in Richtung auf das Dorf Raven Abbas. Dort, wo der Weg auf die nach Bristol führende Landstraße stieß, kam ihr vom gegenüberliegenden Hang her ein hochgewachsener junger Mann in einem Wams von elegantem Schnitt und hohen Stiefeln aus feinstem spanischen Leder gemütlich schlendernd entgegen. Als er sie erreichte, lüftete er höflich den Hut.

»Guten Tag, Fräulein Anne«, begrüßte er sie. »Darf man fragen, was eine hübsche junge Dame so früh hinausführt?«

Der frische Vorfrühlingswind spielte mit den dunklen Locken, die unter ihrer Kappe hervorlugten, und trieb in ihre Wangen eine leichte Röte, die sich unter dem schalkhaften Blick des jungen Mannes ein wenig vertiefte.

»Ich bin mit einigen Eßwaren auf dem Weg zu Herrn Hallett«, sagte sie mit einem Anflug von Würde, der ihr sehr gut zu Gesicht stand. »Er ist krank, wie Ihr wißt, und meine gute Tante behauptet, niemand in der ganzen Gegend könne einen so guten Weichkäse und eine so leckere Pastete herstellen wie sie. So habe ich denn einen Korb mit ihren besten Erzeugnissen bei mir. Außerdem habe ich Cäcilie Hallett länger nicht gesehen, und da haben wir uns viel zu erzählen.«

»Was könnt Ihr Euch schon zu erzählen haben! Ihr lebt mit Eurem Vater und der Tante in Fairlawn, und Fräulein Cäcilie pflegt ihren alten, kindischen Großvater.«

Anne sah ihn ernsthaft an. »O, mein lieber Herr Martin Strange, sehr viel sogar! Ich verrate ihr ein neues Rezept für Primelwein, und sie weiß vielleicht einen neuen Stich für die Handarbeit oder eine neue Weise auf dem Spinett. Wir haben wichtige Dinge zu besprechen!«

Beide lachten schallend, aber plötzlich verdüsterte sich das Gesicht des jungen Mannes.

»Ihr solltet Euch nicht so eng an Cäcilie Hallett anschließen!« sagte er unvermittelt. »Sie ist zweifellos ein gutes Mädchen, aber dieser alte Großvater treibt es fast wie die Ketzer. Man sagt, er lese ketzerische Bücher und versäume oft die Messe. Es schickt sich nicht, daß Ihr so viel mit seiner Enkelin verkehrt.«

»Das ist ja Unsinn!« fuhr es ihr heraus. »Herr Hallett ist ein gebildeter und frommer Mann. Das hat mein Vater hundertmal gesagt. Nur dumme und abergläubische Leute behaupten, er sei ein Ketzer. Auf jeden Fall geht es Martin Strange gar nichts an, wen ich mir zur Freundin wähle.«

»Jeder gute Katholik hat aber die Pflicht, Menschen, die er liebt, vor der Ansteckung durch diese gottlosen und verderbten Ketzer zu schützen!« Dann, näher an sie herantretend, sprach er leise und eindringlich auf sie ein. »Fräulein Anne, Ihr müßt wissen, daß ich Euch liebe, schon seit unserer Kindheit. Ich habe mir feierlich gelobt, Euch zu meiner Frau zu machen. Und da soll ich nicht versuchen, Euch vor denen zu bewahren, die Euch an Leib und Seele schaden wollen?«

Unter seinen leidenschaftlichen Blicken erschrak Anne ein wenig, aber sie sah ihm ernst in das dunkle, hübsche Gesicht.

»Ihr vergeßt Euch, Herr Strange!« sagte sie langsam und nachdrücklich. »Während Eures Aufenthaltes in Italien habt Ihr unsere guten englischen Sitten vergessen. In England hält man nicht viel von solch stürmischen und anmaßenden Liebeserklärungen, und für mein Seelenheil laßt ruhig den frommen Pater Matthias sorgen. Lebt wohl!«

Sie nahm den Korb auf und setzte ihren Weg ohne Eile fort. Er war einen Augenblick unentschlossen, ob er ihr folgen sollte; dann machte er aber kehrt und war bald ihren Blicken entschwunden.

Die Ländereien der beiden Rittergüter Strange und Fairlawn grenzten aneinander und waren nur durch die Landstraße getrennt. Schon von klein auf hatten die Kinder sich eng aneinander angeschlossen. Martin Strange war für Walter und Anne Medway wie ein älterer Bruder gewesen – zwar ein ziemlich herrischer und reizbarer Bruder, aber im Spiel und bei Streichen ein forscher Anführer und treuer Kamerad. In den letzten Jahren hatte die gute Kameradschaft allerdings einen Knacks bekommen. Martin war zur Universität nach Cambridge und dann mit einem Privatlehrer nach Italien gegangen, und in der Fremde war er ein sehr vornehmer Herr geworden.

Anfangs waren auch nach Martins Fortgehen Walter und Anne willkommene Besucher im benachbarten Gutshaus gewesen, wo Sir John Strange mit seiner Frau ein Leben in strengerer Frömmigkeit führte, als es der immer fröhliche Sir William Medway tat. Mit der Zeit waren die Besuche seltener geworden und ein ziemlich kühles Verhältnis zwischen den beiden Familien entstanden, das sich Anne gar nicht erklären konnte. Und als dann Walter nach Oxford ging, hörten alle Besuche auf, obwohl kein direkter Bruch stattgefunden hatte.

Kurz bevor das Jahr 1527 zu Ende ging, war Martin aus Italien zurückgekommen, mit sehr vornehmen Manieren und eleganter Kleidung. Er verachtete die Landedelleute und Bürger seiner Heimat und bemühte sich nicht im geringsten, dieses Gefühl zu verbergen. Sie ihrerseits haßten sein hochmütiges Wesen und seine spitze Zunge und zogen sich von ihm zurück. Nur Sir William versuchte, die guten alten Beziehungen wieder aufzunehmen und lud ihn in sein Haus.

Anne erinnerte sich, während sie an diesem Frühlingsmorgen dahinschritt, an seinen ersten Besuch – ihres Vaters Fragen nach Italien und Spanien, Tante Katherines freundliche Fürsorge und ihr eigenes reges Interesse, mit dem sie seinen Erzählungen zuhörte. Es war ein Abend voll ungetrübter Freude gewesen, und er hatte sich offensichtlich sehr wohl gefühlt nach dem kühlen Empfang, der ihm in anderen Häusern bereitet worden war.

Er war häufig wiedergekommen, war fast wieder so heimisch geworden wir früher und behandelte Anne mit einer Mischung von brüderlicher Ungezwungenheit und ritterlicher Höflichkeit. Und nun hatte er ganz unvermittelt dieses ungezwungene Verhältnis durch die ungestüme und unbeherrschte Erklärung seiner wahren Gefühle zerstört. In der Erinnerung an den Blick seiner Augen und den Ton seiner Stimme kam Anne seine Leidenschaft und Entschlossenheit zum Bewußtsein – aber auch noch etwas anderes, das sie mit unbestimmter Angst erfüllte.

Sie war so in ihre Gedanken vertieft, daß sie erst am Ortseingang eine ungewohnte Aufregung auf der einzigen Dorfstraße bemerkte. Ungefähr in der Mitte des Dorfes lag an dieser Straße das große Fachwerkhaus des Herrn Hallett, mit vorspringendem Obergeschoß und den hellen weißen Feldern zwischen den dunklen Eichenbalken. Gegenüber standen die Bauernhäuser weit zurück und ließen Platz für den Dorfanger, der an der einen Seite zu einem Teich abfiel und an der anderen zu einem kleinen Hügel anstieg, auf dem die Kirche stand.

An diesem Morgen hatten wohl sämtliche Bewohner ihre Häuser verlassen und sich in kleinen Gruppen vor Halletts Haus versammelt. Männer, Frauen und sogar Kinder schienen aufgebracht und empört, und Anne beschleunigte ihre Schritte, um die Ursache zu erfahren.

»Hier ist was los, Fräulein Anne!« rief die dicke Wirtsfrau ihr schon entgegen. »Die Leute des Bischofs von Worcester sind wie eine Räuberbande über unser Dorf hergefallen und haben Herrn Hallett und Fräulein Cäcilie weggeschleppt. Ins Gefängnis, wie man sagt!«

»Ins Gefängnis?« rief Anne. »Was kann denn das bedeuten, und mit welchem Recht tun sie das?«

»Das ist furchtbar einfach, Fräulein«, mischte sich der stämmige Schmied ein, »der Bischof lebt ja behaglich im Palast des Papstes in Rom, aber er hat hier seinen treuen Diener –«

»Den Parker mit der langen Nase!« fiel sein Nachbar ein, und alle Umstehenden lachten grimmig.

»Ja, diesen Kanzler Parker«, fuhr der Schmied fort. »Der ist ein großer Eiferer und Ketzerverfolger. Es braucht einen nur jemand bei ihm anzuschwärzen, und schon wird man zu einem peinlichen Verhör geladen. Und wenn man schon mal verdächtig ist, kann man sich nur mit viel Mühe und Geld wieder reinwaschen.«

»Wenn es wirklich ein Fall von Ketzerei wäre!« meinte ein anderer, »aber es kann einer noch so rechtschaffen sein – die Aussagen irgendeines Schuftes oder Vagabunden gelten als Beweis gegen ihn.«

»Die Schuld haben diese Ablaßkrämer! Sie sind die Schnüffler, die in die Häuser kommen, die geheimsten Gedanken ausspionieren und aus ihnen den Strick drehen, an dem man aufgehängt wird«, fügte ein anderer hinzu, »oder einen Scheiterhaufen bauen, auf dem sie einen verbrennen!«

Anne wunderte sich über diese erregte Unterhaltung, und ihr wurde ein bißchen ängstlich zumute. Das war ja richtige Ketzerei, gegen die das Lesen des Wortes Gottes in englischer Sprache ein Nichts war! Aber ihr fiel ein, daß ihr Vater gesagt hatte, die Kirche habe auch Diener, die ihr sehr schadeten. Da hatte vor kurzem ein Mann monatelang unschuldig im Gefängnis gesessen, und dabei hatte auch dieser Kanzler Parker seine Hand im Spiele.

Sie ging zum Hause ihrer Freundin, um von Simon, dem Hausverwalter, zu erfahren, was sich ereignet hatte. Die Magd öffnete ihr mit verweintem Gesicht. »Ach, Fräulein Anne, es ist zu furchtbar! Der gute alte Mann, der so krank ist! Aus dem Bett gezerrt wie ein Verbrecher, und Cäcilie fast wahnsinnig vor Angst! Simon ist jetzt oben in Herrn Halletts Schlafzimmer.«

Anne tröstete sie, so gut sie konnte, und eilte die Treppe hinauf durch einen Vorraum zu dem großen Zimmer, in dem der Kranke bis vor kurzem gelegen hatte. Kleidungsstücke und Bettzeug lagen wild verstreut auf dem Boden umher, und die Türen des großen Kleiderschrankes standen weit offen. Aber es war noch etwas anderes, das sie veranlaßte, auf der Schwelle stehenzubleiben. Sie hatte den Vorraum instinktiv mit den behutsamen Schritten durchquert, mit denen man sich einem Krankenzimmer nähert, und Simon hatte sie nicht kommen hören.

Er stand mit dem Rücken zur Tür vor dem getäfelten Kamin. Plötzlich öffnete sich langsam eines der Felder, und ein ziemlich großes Geheimfach wurde sichtbar, aus dem er ein Bündel Bücher und Pergamente nahm.

»Simon!« rief Anne, als sie sich von ihrem Schrecken erholt hatte. Schwer atmend wandte sich der Alte um, und die Bücher fielen ihm aus den Händen. Sein Gesicht war aschfahl, und er suchte Halt am Kamin.

»Fräulein Anne«, flüsterte er. Und dann mit etwas festerer Stimme: »Ihr habt mir aber einen Schrecken eingejagt! Wie kommt Ihr hierher?«

»Ich hörte die Nachricht auf der Straße und wollte mich nach dem grausigen Vorfall erkundigen. Aber was sind das für Bücher?«

»Solche, mit denen Ihr am besten nichts zu tun habt, Fräulein. Ich werde sie irgendwohin bringen, wo sie keinem Menschen mehr gefährlich werden können, und Ihr müßt vergessen, daß Ihr sie überhaupt gesehen habt!«

»Was wollt Ihr mit ihnen machen?«

»Verbrennen, Fräulein, damit nicht der Mann verbrannt wird, dem sie gehören!«

»Schließ das Fach, Simon!« sagte sie mit fester Stimme, »und ich werde dir helfen, die Bücher aufzuheben.«

Sie bückte sich, suchte die Pergamente zusammen und gab sie ihm.

»Es sind schwere Zeiten, Fräulein Anne. Wenn alle Priester so wären wie unser guter Pater Matthias, dann brauchte man keine Jagden auf Ketzer zu veranstalten. Der alte Herr war bekannt wegen seiner Gelehrsamkeit. Erst vor wenigen Wochen, als er besonders häufig von diesen Bettelmönchen, scheinheiligen Ablaßkrämern und dergleichen belästigt worden war, sagte er zu mir: ›Simon‹, sagte er, ›unser alter Freund Dan Chaucer hat schon recht mit seinem Wort

Wenn selbst die Priester böses Beispiel geben,
Wie soll der Laie dann in Ehren leben!‹

Aber er hätte seine Meinung für sich behalten sollen. Es ist heutzutage gefährlich, schlecht von den Priestern zu sprechen.«

»Aber Simon, wer hat Herrn Hallett angeschwärzt? Alle Leute hatten ihn doch sehr gern!«

»Nicht alle, Fräulein! Wer für Wahrheit und Rechtschaffenheit eintritt, wird von Lügnern und Betrügern gehaßt. Ich habe den Verdacht, daß die Anzeige von einem früheren Diener ausgeht, den Herr Hallett wegen seines üblen Benehmens entließ.«

»Ich will schnell nach Hause. Mein Vater soll diese Untat sofort erfahren. Er wird sie nicht schweigend hinnehmen, dessen bin ich sicher. Herr Hallett und Cäcilie werden bald wieder hier sein.«

»Möge Gott es geben! Und haltet Euch immer von solchen Sachen fern. Sogar ein Mann kann kaum die Fallstricke vermeiden, die einem heutzutage gelegt werden – um wieviel weniger ein unerfahrenes junges Mädchen wie Ihr.«

Anne sagte Simon Lebewohl und eilte mit der bösen Nachricht nach Hause.

3.

Die nächsten Tage schlichen für Anne träge dahin. Auf einige verfrühte Sonnentage war regnerisches Wetter gefolgt, und rauhe Stürme fegten vom Atlantik herüber. In den Häusern legte man einige Holzscheite mehr aufs Feuer und sehnte sich nach Frühling und Sommer.

Anne saß über eine Stickerei gebeugt, mit ihrer Tante im Wohnzimmer von Fairlawn. Wenn sie aufsah, fiel ihr Blick auf die Fensterscheiben, an denen die Regentropfen unaufhörlich herabrannen, und auf den Nebelschleier, der die Sicht auf das Dorf und die Hügel verhüllte. Sie wartete sehnlich darauf, daß der Regen endlich aufhören möge, damit sie nach Sodbury gehen und sich nach William Tyndale erkundigen könne, und sie wünschte ihren Bruder Walter herbei, der ihr sicher vieles über ihn erzählen und sie vielleicht nach Sodbury bringen würde.

Der März verging, und es kam der April mit seinem ständigen Wechsel von Sonne und Regen. Hecken und Sträucher überzogen sich mit einem zarten grünen Schleier und ließen einen Mai voll schwellender Blütenpracht ahnen.

An einem sonnigen Morgen stand Anne am Fenster und blickte auf den Gutshof hinaus. Da sah sie, wie der Reitknecht in den Stall ging, und sie hörte ihn auf ihres Vaters Reitpferd einsprechen.

»Reitet mein Vater heute aus, Tante Katherine?« fragte sie.

»Nicht, daß ich wüßte, Kind, aber er ist ja schon so lange nicht mehr aus dem Haus gekommen, daß er heute wohl irgendwo draußen geschäftlich zu tun hat.«

Gerade in diesem Augenblick kam er durch das breite Außentor herein, das in die Felder und Wiesen führte. Er war ein gut aussehender, lebenslustiger älterer Herr mit lebhaften Augen, gesunder Gesichtsfarbe und dem wiegenden Gang des passionierten Reiters – ein richtiger Landedelmann.

Es ging das Gerücht, daß er in jungen Jahren in London ein sehr lustiges Leben geführt habe. Dort hatte er auch Anne Selby kennengelernt, eine junge Dame, die durch ihre Schönheit und Bildung zu etwas anderem vorbestimmt zu sein schien als zur Frau eines Landedelmanns. Aber sie gab ihm ihr Jawort, und sie lebten ein Jahr lang in London. Dann trat ein besonderes Ereignis ein – welcher Art es war, das hatten selbst die Klatschbasen in Raven Abbas nicht herausbekommen können –, und sie zogen nach Fairlawn. Bald wurde Walter geboren, und vier Jahre später Anne. Sechs Monate nach deren Geburt starb die Mutter, und ihre Schwester Katherine übernahm die Führung des Haushalts und die Erziehung der beiden Kinder.

Seitdem war Sir William nie mehr in London gewesen. Er vergrub sich auf seinem Gut; er verwaltete es selbst, ritt bei jedem Wetter aus, um nach der Ernte zu sehen, mit seinen Pächtern zu sprechen oder mit Nachbarn auf die Fuchs- oder Otternjagd zu reiten. Er fühlte sich geborgen in dem Glauben seiner Väter und beteiligte sich nicht an den hitzigen Auseinandersetzungen seiner Nachbarn, die sich über die neuen Lehren ereiferten, die in Deutschland und den Niederlanden entstanden waren und auch in England Wurzeln zu fassen begannen.

»Wenn Ihr diese wilden Lehren mit Verachtung straftet und sie totschwiegt, würden sie bald von selber aussterben!« pflegte er zu sagen.

Als er nun an diesem sonnigen Aprilmorgen in den Gutshof trat und seine Tochter am Fenster stehen sah, winkte er ihr zu, herunterzukommen.

»Bist du's nicht leid im Hause, Mädchen?« fragte er sie, als sie unten war. »Willst du mit nach Sodbury reiten? Nachbar Walsh hat mir gerade Nachricht geschickt, daß er Schwierigkeiten mit seinen neuen Tieren hat. Es scheint ihnen unser Klima oder unser Gras oder sonst etwas nicht recht zu bekommen. Zieh schnell deinen Mantel an, und ich lasse inzwischen für dich satteln.«

Im Nu war Annes gedrückte Stimmung verflogen, und kurz darauf ritt sie frohgemut hinter ihrem Vater her auf dem Weg nach Sodbury. Beide hingen ihren eigenen Gedanken nach, aber schließlich brach Anne das Schweigen.

»Vater, erinnerst du dich an Walters Hauslehrer, Herrn Tyndale? Was ist aus ihm geworden, hast du einmal wieder von ihm gehört?«

»Was? Ach so, ja, Walters Hauslehrer. Nein, ich habe nie wieder von ihm gehört.«

»Aber Walter hat doch sicher Briefe von ihm bekommen oder wenigstens durch Sir John Walsh etwas von ihm erfahren.«

Ihrem Vater schien die Beharrlichkeit, mit der sie fragte, nicht zu gefallen.

»Er war ein tüchtiger Gelehrter, aber er war von diesen neuen Lehren angesteckt, von denen so viele Leute reden. Des Bischofs Kanzler traute ihm nicht recht, aber er konnte ihm nichts anderes vorwerfen als seine Respektlosigkeit. Aber es ist ja schließlich nichts Neues, daß junge Leute meinen, sie wüßten mehr als die alten, auch wenn sie, bei Licht besehen, nur kleine Geister sind.«

»Warum ist er von Sodbury fortgegangen?« fragte Anne.

»Ich weiß es nicht«, sagte der Vater mürrisch. »Wenn du alles genau wissen willst, mußt du Sir oder Lady Walsh fragen. Aber wenn du mir einen Gefallen tun willst, dann vergiß diesen Mann. Er war ein gelehrtes Haus und ein guter Lehrer, aber ich denke nicht gerne daran, daß er Walter ketzerische Gedanken eingeimpft haben würde, wenn ich ihn nicht weggeschickt hätte. Sir John Strange sagte mir frei heraus, daß es ein bodenloser Leichtsinn von mir gewesen sei, das Seelenheil meines Sohnes dadurch zu gefährden, daß ich ihn seinem Einfluß überließ. Wenn es nach ihm gegangen wäre, hätte ich ihn mit Martin nach Cambridge geschickt, aber ich hatte nun einmal eine Vorliebe für Oxford.«

Beide gaben sich wieder ihren Gedanken hin. Der Vater dachte mit Stolz an die hoffnungsvolle Laufbahn seines Sohnes, Anne fühlte sich recht bedrückt wegen des ungünstigen Bildes, das ihr Vater von William Tyndale gezeichnet hatte – das Bild eines anmaßenden, eingebildeten jungen Geistlichen, der nicht einmal frei von den Anfechtungen der Ketzerei war.

Sie hatten etwa die Hälfte ihres Weges zurückgelegt, als sie unvermittelt aufgehalten wurden. An der einen Seite zog sich ein breiter Waldstreifen, der Lissonwald, hin, an der anderen lagen in einiger Entfernung ein paar Gutshöfe. Von dem nächstgelegenen erschollen laute Rufe, und jemand winkte eifrig zu ihnen herüber.

»Das ist Tom Thatcher. Warte einen Augenblick hier, Anne. Ich reite eben rüber nach Dimpleside, um zu sehen, was los ist.«

Er lenkte sein Pferd den lehmigen Weg hinauf, der nach dem Hof führte. Anne ließ ihre Stute an der Böschung vor dem Walde grasen, wo das Gras dicht und saftig war.

Plötzlich fiel ihr Blick auf ein Büschel Primeln, die als Vorboten einer nahenden üppigen Blütenpracht an einer geschützten Stelle blühten. Sie stieg ab und ging, sie zu pflücken. Ein Rascheln im Gebüsch ließ sie auffahren. Da sah sie, wie sich das dichte Unterholz teilte und der Kopf eines Mannes auftauchte. Sie schrak mit offenem Mund zurück, konnte aber vor Entsetzen keinen Laut hervorbringen. Ihr Schrecken verwandelte sich bald in Erstaunen.

»Hubert!« rief sie. Mit einem schnellen Blick nach rechts und links vergewisserte sie sich, daß niemand in der Nähe war. Der Hausierer war aufgestanden, und sie sah, daß sein Anzug zerrissen und lehmbefleckt war. Haar und Bart waren ungekämmt, das Gesicht war schmutzig, die Augen saßen tief in den Höhlen.

»Hubert, was ist mir dir?« fragte sie, an allen Gliedern zitternd. »Du siehst ja ganz ausgehungert und abgehetzt aus!«

»Ist niemand in der Nähe?« fragte er heiser. Sie versicherte ihm, die Luft sei rein, nur ihr Vater könne jeden Augenblick zurückkommen.

»Dann pflückt bitte weiter Blumen. Das ist eine unverdächtige Beschäftigung für ein junges Mädchen, und niemand wird auf den Gedanken kommen, daß Ihr mit einem Verfolgten sprecht.«

»Nun sag doch endlich, was los ist!« drängte sie.

»Es ist wegen eines Buches, das ich jemandem gegeben habe, den ich nicht nennen möchte. Auf irgendeine Weise, ich weiß nicht wie, geriet ich in Verdacht, und man hat Anklage gegen mich erhoben. Jetzt hat man einen Steckbrief erlassen, und der junge Strange ist beauftragt, die Suche nach mir zu leiten. Ich wurde aber rechtzeitig gewarnt, und so habe ich ihnen ein Schnippchen schlagen können, denn ich kenne ja die Gegend wie meine Westentasche.«

»Du mußt doch fürchterlichen Hunger haben! Hast du schon lange nichts mehr gegessen?«

»So schlimm ist es nicht, Fräulein. Unsereins kann in den Wäldern und Bächen immer noch etwas zu essen finden. Aber ich bin es leid hier und möchte gern fort, wenn ich bloß könnte.«

Anne vergaß vor lauter Erregung das Blumenpflücken.

»Kann ich dir helfen, Hubert? Hast du hier keinen Freund, dem ich von deiner bösen Lage Nachricht bringen könnte?«

Er sah sie lange nachdenklich an, bevor er antwortete.

»Ich möchte nicht, daß Ihr Euer hübsches Köpfchen in Gefahr bringt, Fräulein. Wohin wollt Ihr denn jetzt?«

»Nach Sodbury. Mein Vater hat bei Sir John Walsh zu tun.«

»Dann hat die Vorsehung selber Euch hergeschickt! Gerade dort ist jemand, auf den ich mich verlassen kann. Kennt Ihr Richard Carver?«

Als Anne nickte, fuhr er fort: »Wenn Ihr ihn allein sprechen könnt, sagt ihm: ›Beim Heiligen Hubertus – der Baum ist dürr, aber die Blätter sind grün!‹ Er wird es verstehen, und ich weiß, daß ich hier fort sein werde, bevor morgen der Mond aufgeht.«

»Beim Heiligen Hubertus – der Baum ist dürr, aber die Blätter sind grün«, wiederholte Anne und bückte sich sogleich zu ihren Blumen nieder. »Schnell, sie kommen!« flüsterte sie.

Fast lautlos verschwand der Hausierer im Gebüsch, und Anne wandte sich um und blickte ihrem Vater entgegen, der den Weg heruntergeritten kam. Er war aber nicht allein. Mit ihm kamen Martin Strange und ein Trupp Knechte in der Tracht der Leute des Bischofs von Worcester. Anne erwartete sie, in der Hand einen großen Strauß goldgelber Blumen, das Gesicht mit Röte übergossen, aber ihr Blick war fest und sicher.

Sie merkte gleich, daß ihr Vater sehr aufgeregt war. Martins schwarze Brauen waren zusammengezogen, und eine Zornesfalte saß auf seiner Stirn, die sich ein wenig glättete, als er Anne erblickte. Kurz vor ihr sprang er vom Pferd und half ihr höflich aufzusteigen. Als sie ihn von oben ansah, hellte sich sein Gesicht zu einem strahlenden Lächeln auf. Anne beachtete es kaum. Sie hörte auf ihren Vater, der schon heraussprudelte:

»Hör mal, Anne. Ist das nicht unglaublich? Martin weiß aus ganz sicherer Quelle, daß der Hausierer – du entsinnst dich doch – einer von diesen verfluchten Ketzern ist. Sein Handel ist ihm nur ein Vorwand, der ihm die Möglichkeit gibt, im Land umherzuziehen und mit seinen ketzerischen Büchern und erlogenen Schmähschriften die Seelen der unwissenden und leichtgläubigen Leute zu vergiften.«

»Ja, das stimmt!« bestätigte einer der Männer. »Er ist hier in der Nähe gesehen worden, und wir sind ihm dicht auf den Fersen. Gerade haben wir die Scheunen und Dachböden in Dimbleside durchsucht.«

Anne murmelte erschreckt und beunruhigt eine Antwort. Dabei lauschte sie angestrengt zum Gehölz hin, ob nicht ein verräterisches Geräusch zu hören sei. Ihre Blicke waren in ängstlicher Spannung auf Martins Gesicht gerichtet. Er sah jetzt zu ihr auf, und es lag etwas in seinem Blick, das ihr Herz schneller schlagen ließ.

»Der Schurke war vor ein paar Wochen in Fairlawn, Fräulein Anne. Hatte er Sachen bei sich, an denen ein hübsches Mädchen hätte Gefallen finden können?«

»O ja, er hatte zum Beispiel eine rosa Schleife, die herrlich zu meinem neuen Taftkleid gepaßt hätte. Aber ich habe sie nicht gekauft.«

»Gut, aber war das alles, was er anzubieten hatte?« Sie glaubte in seiner Frage einen leisen spöttischen Unterton zu hören. Er drehte sich aber zu ihrem Vater um und sagte lachend:

»Einem jungen Mädchen kann man mit hübschem Schnickschnack leicht den Kopf verdrehen. Ich wette, Ihr oder ich hätten unter seinen harmlosen Stoffen und Bändern sofort die Bibeln und dergleichen entdeckt.«

Annes Vater hatte erstaunt zugehört und platzte nun ärgerlich heraus:

»Der Vagabund in Fairlawn? Der soll mir nicht noch einmal kommen und mit seinem Kram den Frauenzimmern die Köpfe verdrehen! Wenn er sich noch einmal sehen läßt, werde ich kurzen Prozeß mit ihm machen, das verspreche ich dir!«

Dann ritt er, als er Martin wieder aufsteigen sah, langsam weiter und rief ihm noch über die Schulter zu: »Er scheint dir diesmal entwischt zu sein! Wenn er nicht schnell auf Nummer Sicher kommt, wette ich, daß er bald im Ausland ist. – Jetzt müssen wir uns beeilen, sonst sind wir nicht vor Dunkelheit zu Hause.«

Er winkte ihm zu, und Martin, der seinen Federhut grüßend schwenkte, rief Anne hinüber:

»Wenn ich ihn finde, Fräulein Anne, soll ich Euch dann die rosa Schleife schicken?«

Ihr Mund war so ausgetrocknet, daß sie kein Wort herausbringen und nur mit einem schwachen Lächeln antworten konnte. Dabei sah sie um seine Mundwinkel einen spöttischen Zug, der sie in eine unbestimmte Unruhe versetzte. Sie war froh, als er sein Pferd wendete und an der Spitze seiner kleinen Truppe weiterritt.

4.

Sir John Walsh, der Gutsherr von Sodbury, stand mit seiner Gattin und seiner Kinderschar an der Tür des Gutshauses, um die Gäste zu begrüßen.

»Du bist wirklich ein guter Nachbar, Will!« begrüßte er Sir William, und als dieser absteigen wollte, wehrte er ab. »Reite eben mit mir hinüber, in den Stall, wo ich die vertrackten Tiere untergebracht habe. Es ist nur ein Katzensprung. Elizabeth wird sich schon um Anne kümmern.«

Er ergriff die Zügel und führte das Pferd um das Haus herum zu den Nebengebäuden, während ein Diener Anne beim Absteigen half. Die Kinder zerrten sie mit Freudengeschrei ins Haus. Während sie Mantel und Kopfbedeckung ablegte, gab Lady Walsh einem Diener bereits den Auftrag, Kuchen und Wein ins Wohnzimmer zu bringen und für die Männer ein solides Frühstück zu bereiten. Dann wurden die Kinder zum Spielen nach oben geschickt.

»Nun, meine Liebe«, begann sie, als beide gemütlich am Kamin saßen, »erzähl mir was Neues aus Fairlawn und Raven Abbas. Wir sind seit Wochen nicht hier herausgekommen, und ich hungere nach Neuigkeiten von draußen.«

So erzählte denn Anne von Haushaltssorgen, vom Kummer ihrer Tante mit den Hausmädchen und von ihres Vaters Sorgen wegen der Schafe auf den höher gelegenen Weiden. Dann kam sie auf die Ereignisse im Dorf zu sprechen, aber sie sagte nichts von Hubert dem Hausierer und seiner seltsamen Ware. Sie erzählte noch dieses und jenes, und endlich bot sich ihr eine Gelegenheit, die Frage anzubringen, die ihr so sehr am Herzen lag, als nämlich Lady Walsh fragte:

»Was macht Walter? Macht er gute Fortschritte? Er muß doch etwas Tüchtiges werden, wenn Herr Tyndale ihn richtig beurteilt hat.«

»Walter geht es sehr gut. Aber sagt mir bitte, was aus Herrn Tyndale selber geworden ist. Hat er Euch nie geschrieben und Euch nie besucht?«

Lady Walsh legte das Nähzeug, mit dem sie beschäftigt war, auf das Tischchen, blickte einen Augenblick nachdenklich in die Flammen, bevor sie antwortete:

»Du bist jetzt alt genug, Anne, um zu wissen, daß sich heute in einer der heiligsten Lebensfragen die Geister scheiden. Herr Tyndale ist ein frommer Mann – ein so guter Christ, wie es mancher zu sein wünscht. Aber er hält es nicht mit einigen Bräuchen unserer Kirche, und besonders nicht mit dem strengen Gebot, das den Laien verbietet, das Wort Gottes kennenzulernen. Solange er sich auf eine Weise betätigt, die den Machthabern ein Ärgernis ist, kann er nicht nach England zurückkommen. Wir erhalten aber von Zeit zu Zeit durch einen vertrauenswürdigen Mittler Briefe von ihm.«

Als ob sie fürchtete, zuviel gesagt zu haben, bog Lady Walsh die Unterhaltung wieder auf alltägliche Dinge ab, und der Name Tyndale wurde nicht mehr erwähnt – aber auch mit keinem Wort angedeutet, daß noch ein anderer Besuch im Hause war!

Plötzlich waren draußen auf dem Kies Schritte zu hören, das hohe Fenster wurde aufgestoßen, und ein junger Mann stieg behende auf die Brüstung, auf der er einen Augenblick sitzen blieb: Richard Carver!

Er war der Sohn eines alten Schulfreundes des Hausherrn. Als Junge hatte er oft seine Ferien in Sodbury verbracht, und er war häufig mit Anne und Walter Medway zusammengekommen. Sein Vater hatte eine sehr gut gehende Tuchfabrik gegründet. Er beschäftigte zahlreiche Angestellte und betrieb einen lebhaften Handel mit Deutschland und den Niederlanden.

Richard war für ihn viel geschäftlich unterwegs und reiste im ganzen Land umher. Er kam sogar bis nach Antwerpen, um Geschäfte mit englischen und flämischen Kaufleuten abzuschließen, zuweilen sogar nach Frankfurt, wo Geschäftsleute aus ganz Europa ihre Waren auf der Messe zur Schau stellten.

Es war schon einige Jahre her, daß er von Sodbury aus auch Fairlawn besucht hatte, aber als er jetzt rittlings auf der Fensterbank saß, erkannte Anne ihn sofort. Das waren noch dieselben fröhlichen braunen Augen, dasselbe eigenwillige, kastanienbraune Haar, obwohl er jetzt kein Jüngling mehr war, sondern ein hochgewachsener, breitschultriger Mann. Ihr fiel der entschlossene Zug um seinen Mund auf, der Gesichtsausdruck eines Menschen, der Verantwortung trägt und gewohnt ist, sich durchzusetzen. Sie fühlte sofort, daß sie ihm nur von Huberts Notlage zu berichten brauchte – er würde schon Mittel und Wege finden, ihm zu helfen.

Inzwischen war er leichtfüßig ins Zimmer gesprungen und zu ihnen herüber an den Kamin gekommen.

»Dies ist Anne Medway«, stellte Lady Walsh vor, »Walters Schwester, wie du dich erinnern wirst.«

Richard schüttelte ihr lachend die Hand. »Ich denke, ich kenne Fräulein Anne auch um ihrer selbst willen, nicht nur als Walters Schwester!« sagte er galant, und Anne stellte fest, daß seinen energischen Mund ein sehr gewinnendes Lächeln umspielen konnte.

Fast während seiner Worte ging die Tür auf, und Sir John kam mit seinem Gast ins Zimmer. Sofort entstand allgemeine Unruhe; Richard mußte Sir William begrüßen, die Dienstboten eilten hin und her, um den Tisch zu decken, der Hausherr rief nach Bier und berichtete seiner Frau über das Ergebnis des Besuchs im Stall.

Bald war der Tisch gedeckt und mit erlesenen Speisen überladen, die bewiesen, daß Lady Walshs Hausfrauenkünste der großzügigen Gastlichkeit ihres Mannes würdig waren. Die drei Männer setzten sich um den Tisch, langten tüchtig zu und unterhielten sich über Handel und Landwirtschaft, über Wolle und Stoffe. Lady Walsh achtete darauf, daß die Speisen nicht ausgingen, und Anne überlegte, wie sie es anstellen könnte, Richard allein zu sprechen.

Sie war so mit ihren Gedanken beschäftigt, daß es sie wie ein Schreck durchfuhr, als sie plötzlich gewahr wurde, daß ihr Vater von der Begegnung mit Martin Stange und seiner Truppe erzählte.

»Sie hatten den Kerl bis zu den Hügeln hinter Dimpleside verfolgt«, hörte sie ihn sagen, »aber dann seine Spur verloren. Ich sagte Martin, er sei schön dumm, daß er keine Hunde mitgenommen hätte, aber Herr Lisson war wohl nicht zu Hause gewesen, und so hatte er sie nicht bekommen können.«

Bei der Erwähnung von Lissons Bluthunden kam Anne die bedrängte Lage Huberts so zum Bewußtsein, daß sie sich hilfesuchend nach Richard umsah. Er stand auf und kam auf sie zu.

»Fräulein Anne«, sagte er, »Ihr sitzt seit zwei Stunden und noch länger hier im Zimmer. Wollt Ihr nicht einen kleinen Spaziergang in der schönen Frühlingssonne machen?« Auch Lady Walsh ermunterte sie dazu; sie ließ ihr gleich den Mantel bringen und bat Richard, sie in den Ziergarten zu führen und ihr die Laube zu zeigen, die er zusammen mit den Kindern gezimmert hatte. Beim Hinausgehen rief ihnen Annes Vater nach, nicht zu lange auszubleiben, da sie bald heimreisen müßten.

Von der Terrasse führte eine Freitreppe hinunter in den Garten, wo sandbestreute Wege die Blumenbeete zu regelmäßigen geometrischen Mustern zerschnitten und glattgeschorene Hecken von wunderlichen Figuren überragt wurden, die nach der neuesten

Mode zurechtgestutzt waren. Richard geleitete Anne zum hinteren Ende des Gartens, wo die Laube stand, aber noch bevor sie sie erreichten, kam er bereits zur Sache.

»Fräulein Anne, Ihr habt einen geheimen Kummer. Kann ich Euch helfen?«

Sie sah ihn mit einem schwachen Lächeln an. »Habe ich mich so sehr verändert, daß Ihr mich nicht mehr einfach Anne nennen könnt?« Aber sofort wurde sie wieder ernst, denn sie wußte, daß keine Zeit zu verlieren war.

»Ich habe eine Botschaft von Hubert für Euch. Er bat mich, Euch zu sagen: Beim Heiligen Hubertus – der Baum ist dürr, aber die Blätter sind grün.«

»Was weißt denn du von Hubert, dem Hausierer!« rief er erstaunt. »Und wie kommt er dazu, dir eine solche Botschaft anzuvertrauen?«

Da erzählte ihm Anne, die es mit aller Macht drängte, sich einem Menschen mitzuteilen, die ganze Geschichte, angefangen von Huberts Besuch in Fairlawn, von der Bibel, die sie bei ihm entdeckte – bis zu der seltsamen Begegnung am Vormittag.

Als sie geendet hatte, stand Richard auf und ging mehrmals langsam auf und ab. Ihre Augen folgten ihm ängstlich. Schließlich kam er zurück und setzte sich wieder neben sie.

»Hast du«, fragte er sie mit tiefem Ernst, »hast du mit irgend jemandem über die Sache gesprochen?«

Anne versicherte ihm, daß sie kein Sterbenswörtchen gesagt habe, nicht einmal zu ihrer Tante, obwohl sie zunächst versucht gewesen sei, ihr Geheimnis mit ihr zu teilen.

»Du mußt sehr vorsichtig sein, Anne! Diese Bibeln kommen jetzt in immer größerer Zahl ins Land, aber in demselben Maße wächst auch die Verfolgung. Vor etwas mehr als einem Jahr hat Bischof Tunstal in der Londoner Paulskirche in einer flammenden Predigt gegen sie gewettert, und alle Bücher, deren er habhaft werden konnte, öffentlich verbrennen lassen. Was aber weit schlimmer ist: Ich habe erst kürzlich gehört, daß im ganzen Lande eine neue Jagd auf sie eingesetzt hat und daß ihre Besitzer mit hohen Geldstrafen belegt oder ins Gefängnis geworfen werden. Versprich mir also, vorsichtig zu sein; man weiß heutzutage nicht, wem man trauen kann. Selbst in unserer Bibel findest du die Warnung: Und des Menschen Feinde werden seine eigenen Hausgenossen sein!«

Von der Terrasse her erscholl Sir Williams Stimme, die zum Aufbruch mahnte. Als sie zum Haus zurückgingen, legte Anne ihre Hand mit flehender Gebärde auf Richards Arm.

»Aber was wird aus Hubert? Was wirst du für ihn tun? Kannst du ihm helfen, Dick?«

Da sah er mit dem schalkhaften Hochziehen einer Augenbraue, das sie längst vergessen hatte, dessen sie sich aber jetzt wieder erinnerte, zu ihr herab und beruhigte sie.

»Hab keine Angst, Anne. Ich werde ihm helfen. Aber je weniger du weißt, um so besser – für den Fall, daß du noch einmal mit diesem fanatischen Strange zusammentreffen solltest. Hat er nicht doch von deiner Begegnung mit Hubert munkeln hören?«

In Anne stieg die Erinnerung an das hämische Grinsen auf, mit dem er sie gefragt hatte, ob er ihr die rosa Schleife bringen solle. Und so sagte sie nach einigem Zögern:

»Ich bin nicht ganz sicher, Dick. Er weiß von Huberts Besuch in Fairlawn, aber ich wüßte nicht, wieso er mich verdächtigen könnte, die Bibeln gesehen zu haben. Aber ich habe Angst vor ihm, ich kann nicht sagen, warum.«

»Also sei auf der Hut vor ihm und überlaß mir alles Weitere.«

Sie fanden die ganze Gesellschaft auf der Terrasse versammelt, und nach herzlichem Abschied ritten Vater und Tochter nach Hause zurück.

5.

Indessen hatte drüben in Sodbury Richard unverzüglich mit seinen Vorbereitungen begonnen. Sir William und Anne waren noch nicht ganz außer Sicht, als er sich schon auf die Suche nach seinem Diener Peter Dunkley machte, einem hageren und wortkargen Mann, der kein Gramm überflüssiges Fleisch an seinem drahtigen Körper trug. Eine scharfe Hakennase und durchdringende schwarze Augen gaben seinem Gesicht ein habichtähnliches Aussehen, das durch den scharfgeschnittenen strengen Mund unter einem schwarzen Schnurrbart noch verstärkt wurde. Er fand ihn im Stall, wo er mit Argusaugen darüber wachte, daß der Stalljunge das Geschirr von Rowan, dem Reitpferd seines Herrn, blitzblank putzte. Richard winkte ihm im Vorbeigehen flüchtig zu und ging zur anderen Tür, die in die Felder führte, hinaus. Einen Augenblick später kam Peter ihm nach, und sie gingen langsam weiter.

»Ich habe einen Auftrag für dich in Bristol, Peter. In einer Stunde mußt du fort. Du wirst nach Ensford reiten und dein Pferd im ›Roten Löwen‹ einstellen. Du selber wirst ein paar Stunden dort bleiben. Dem Wirt wirst du erklären, du müßtest vor Sonnenaufgang in Bristol sein und deshalb schon vor Mitternacht weiterreisen. Du kannst auch so nebenbei erwähnen, der Stamm sei verdorrt, aber die Blätter seien grün. Eine Stunde vor Mitternacht wirst du zu der Tannengruppe an der Einmündung des Reitwegs von Lisson in die Hauptstraße reiten, und dort wirst du auf mich warten. Ich werde jemanden bei mir haben, den du mit nach Bristol nehmen und an Bord der ›Blonden Maid‹ bringen wirst. Sie muß mit der Morgenflut auslaufen, daher ist keine Zeit zu verlieren. Ist alles klar?«

»Ja, Herr, klar wie die Sonne, und es wird prompt erledigt!« antwortete Peter, und sein finsteres Gesicht hellte sich etwas auf – in wilder Vorfreude auf ein gefährliches Abenteuer.

Nach einer knappen Stunde war er nach Bristol unterwegs, und im Gutshaus ging alles seinen gewohnten Gang weiter.

Es wurde früh zu Abend gegessen, und nachdem die Kinder im Bett waren, spielten Sir John und sein Gast ihre Partie Dame, während Lady Walsh, mit einer Handarbeit beschäftigt, zuschaute. Um neun Uhr wurden die Bettkerzen gebracht, und bald lag das ganze Haus in tiefer Ruhe.

Etwa eine Stunde später ging die Tür von Richards Schlafzimmer lautlos auf, und er tastete sich vorsichtig auf Strümpfen durch den Flur die breite Eichentreppe hinunter. Seine hohen Reitstiefel hielt er in der Hand. Er schlich in die Küche, öffnete verstohlen ein Fenster und ließ sich leise hinab in den Hof.

Er ging in den Stall, wo die Pferde ihn mit verschlafenem Wiehern begrüßten, aber sofort still waren, als er leise auf sie einsprach. Als er die Laterne anzündete, die an einem Balken hing, kam von oben, wo der Stalljunge schlief, ein Geräusch, und gleich darauf erschien sein verschlafener Wuschelkopf an der offenen Falltür. Auf Richards Wink hin kam er die Leiter herunter und half ihm, Rowan ›Handschuhe‹ aus dickem Filz anzuziehen. Während er dann das Pferd sattelte, zog Richard die Reitstiefel an, und einige Augenblicke später ritt er lautlos in die dunkle Nacht hinaus. Der Stalljunge schloß die Tür, stieg gähnend auf sein Strohlager zurück, und alles war wieder still.

In angemessener Entfernung vom Hause spornte Richard sein Pferd zum Galopp an, und so kam er schnell seinem Ziel, dem Lissonwald, näher. Ein feiner Sprühregen hatte eingesetzt und ließ die Dunkelheit noch schwärzer erscheinen, aber das schien weder Roß noch Reiter etwas anzuhaben. Ungefähr hundert Meter vor den ersten Bäumen fiel der Weg etwas ab zu einem Bach, den sie durchqueren mußten. Als die Hufe in dem seichten Wasser platschten, riß Richard das Pferd scharf herum und ritt durch eine Lücke in der mannshohen Hecke, die sich am Weg entlangzog. Dann stieg er ab und tastete sich weiter bis zum Waldrand, wo er Rowan anband. Nachdem er ihm leise ins Ohr geraunt hatte, ruhig zu warten, verschwand er im Unterholz.

In der schwarzen Finsternis war nichts zu hören als das Seufzen des Windes in den Zweigen und das leise Rieseln des Regens auf den Blättern des dichten Buschwerks. Mühsam und vorsichtig vorwärtskriechend, strebte er der Mitte des Waldes zu, auf einem Pfad, der kaum mehr als eine Hasenfährte war, es ihm aber wenigstens ermöglichte, die Richtung einzuhalten. Schließlich machte er halt, und dann wurde die nächtliche Stille durch den klagenden

Ruf eines Käuzchens zerrissen, der sich dreimal wiederholte. Fast unmittelbar darauf kam Antwort aus wenigen Metern Entfernung. Nach ein paar Schritten in dieser Richtung stand er am Fuße einer mächtigen Eiche. Ihr Stamm war vom Blitz versengt, aber rankender Efeu und andere Schlingpflanzen umwanden ihn und die dürren Äste mit grünen Blättern. Hier fand er Hubert, den Hausierer, der in der Dunkelheit unter einem geflochtenen Blätterdach vor dem Regen Schutz gesucht hatte.

In gebückter Haltung unter dem leichten Dach kauernd, tauschten die beiden Männer mit gedämpfter Stimme schnell ihre Neuigkeiten aus. Aber es eilte, und so beschränkte sich Hubert auf einen kurzen Bericht über die Jagd auf ihn, die ihn in dieses Versteck getrieben hatte. Dann teilte ihm Richard den Fluchtplan mit.

Plötzlich war durch das Rauschen des Windes in den Blättern ein leiser, aber scharfer Pfiff zu hören. Huberts Hände klammerten sich um Richards Arm.

»Das ist Martin Strange mit seinen Leuten!« flüsterte er. »Ich laß es drauf ankommen. Aber haltet Euch heraus; wenn man Euch erwischt, ist das viel schlimmer.«

Beide standen nun vor ihrem Schutzdach und strengten alle Sinne an, um die Verfolger zu entdecken. Richard brachte seinen Mund dicht an Huberts Ohr.

»Kriech den Hasenpfad zurück. Da wirst du Rowan finden. Führe ihn am Halfter bis an die Heckenstiege. Ich werde die Verfolger auf mich ziehen, und du kannst sicher sein, daß ich sie an der Nase herumführen werde. An der Stiege treffen wir uns wieder; warte dort auf mich. Jetzt geh!«

Er schubste ihn nach dem Pfad hin, den er selber gekommen war, und ohne eine Antwort abzuwarten, tauchte er wieder ins Gebüsch, in rechtem Winkel zu der Richtung, in der er Hubert fortgeschickt hatte.

Nach einigen Metern hielt er an und zertrat absichtlich mit dem Fuß einen dürren Zweig, so daß das Knacken in der Stille gut zu hören war. Ein paar Meter weiter machte er dasselbe, blieb dann einen Augenblick stehen und lauschte angestrengt. Was er hatte erreichen wollen, geschah: Die Verfolger hatten seine Signale gehört und setzten sich auf seine Spur. Jetzt, wo sie die Beute so nahe vor sich hatten, ließen sie alle Vorsicht beiseite. Er hörte sie deutlich, wie sie durch das Gebüsch brachen, und er selber gab sich auch keine Mühe mehr, Geräusch zu vermeiden.

Plötzlich hörte er dicht hinter sich eine scharfe Stimme:

»Vorwärts, ihr Dummköpfe! Wollt ihr ihn wieder entwischen lassen?«

Martin Strange war als erfahrener Waidmann seinen Leuten weit voraus und ihm dicht auf den Fersen. Richard beschleunigte seine Schritte, aber am Waldrand, wo es lichter wurde, hatte der Verfolger ihn beinahe eingeholt. Doch jetzt, auf freiem Felde, begann er zu laufen, seiner Schnelligkeit vertrauend.

»Los, ihr Feiglinge!« hörte er Martin dicht hinter sich wütend rufen. In der Dunkelheit konnte er den genauen Abstand nicht erkennen, aber jeder der beiden konnte die Schritte des anderen auf dem weichen Grasboden deutlich hören, und hinter ihnen brach mit Schreien und Fluchen die Meute der Verfolger aus dem Wald.

Bald sah Richard den dunklen Schatten der Hecke und in einer Lücke die Stiege verschwommen auftauchen, und er setzte mit einer eleganten Flanke darüber weg. Auf der anderen Seite drückte er sich dicht neben ihr in die Hecke. Als unmittelbar darauf Martin ihm folgte und, unschlüssig, welche Richtung er einschlagen sollte, einen Augenblick stehen blieb, sprang Richard vor. Seine geballte Faust traf Martin genau unters Kinn.

In einigen Metern Entfernung wartete Hubert mit Rowan. Richard schwang sich in den Sattel, Hubert nahm hinter ihm Platz, und fort ging's in scharfem Trab. Bis die übrigen Verfolger über die Stiege geklettert waren, wo sie ihren Herrn bewußtlos liegend vorfanden, war von den Verfolgten nichts mehr zu sehen und zu hören. Es blieb ihnen nichts übrig, als verdrossen nach Hause zu gehen und unterwegs die Verwünschungen und Vorwürfe anzuhören, mit denen Martin sie überhäufte, als er wieder zu sich kam und die Erinnerung an sein Mißgeschick sich langsam einstellte.

Inzwischen hatte Richard die Stelle erreicht, an der Peter Dunkley auf ihn wartete. Dort stieg Hubert rasch von dem braunen Pferd auf das schwarze um, und Richard und Peter trennten sich. Kurz nach Mitternacht hätten die Bewohner der an der Landstraße nach Bristol zerstreut liegenden Häuser, wenn sie nicht in tiefem Schlaf gelegen hätten, das Dröhnen galoppierender Hufe hören und das schwarze Pferd Peters vorbeijagen sehen können, mit Dunkley im Sattel, und hinter ihm eine zweite Gestalt, die sich fest an ihn anklammerte.

Kurz vor Morgengrauen wurde in Sodbury die Stalltür leise aufgeschoben, und Richard führte Rowan an seinen Stand, wo er ihn absattelte und die Filzschuhe von seinen Füßen löste. Roß und Reiter waren von Regen durchnäßt, mit Lehm bespritzt und zum Umfallen müde, aber beide schienen sehr befriedigt von dem erfolgreichen Ausritt in tiefer Nacht.

6.

Am Tage nach ihrem Besuch in Sodbury zog es Anne immer wieder zum Fenster hin, von dem sie auf den Weg nach Raven Abbas sehen konnte. Sie war überzeugt, daß sie an diesem Tage eine Nachricht über den Ausgang von Richards Unternehmung erhalten würde. Aber keiner der Vorüberkommenden kehrte in Fairlawn ein.

Zur Vesperzeit hatte sie alle Hoffnung aufgegeben, und so stand niemand am Fenster, als ein einsamer Reiter den Pfad zum Herrenhause heraufgeritten kam. Er hielt nicht vor der breiten Freitreppe, sondern stieg an dem großen Bogentor ab und führte sein Pferd über den Hof, wo unter den Knechten und Mägden große Aufregung über sein Erscheinen entstand. Eine der Mägde wurde ins Wohnzimmer geschickt, um zu melden, der Sohn des Hauses sei zurückgekommen.

»Herr, Herr, Fräulein Katherine«, stammelte sie, als sie in das Wohnzimmer stürzte, wo man am Kamin saß, »Herr Walter ist nach Hause gekommen! Er ist schon hier, Herr, im Hof ist er!«

Sofort eilten alle hinaus, um den Heimkehrer zu begrüßen. Sein

Vater schüttelte ihm kräftig die Hand und klopfte ihm unter frohen Willkommensworten auf die Schulter, Anne hängte sich in stiller Freude an seinen Arm, und Tante Katherine wies das Personal eilig an, eine der Heimkehr des Sohnes und Erben würdige Mahlzeit zu bereiten.

Walter Medway war von kleiner, fast schmächtiger Gestalt, ganz im Gegensatz zu seiner Schwester, die für ihre siebzehn Jahre groß gewachsen war und deren lebhafte Augen und frische Gesichtsfarbe Gesundheit und Kraft ausstrahlten. Walters Haar war flachsblond und lag weich über seiner hohen, blassen Stirn, über die häufig ein nervöses Zucken huschte, das man sowohl als Ausdruck eines körperlichen Schmerzes als auch großer innerer Unsicherheit hätte deuten können. Seine blauen Augen blickten verträumt, und er sah aus, als sei er durch die stürmische Begrüßung in Verwirrung und Verlegenheit gebracht worden.

Am nächsten Morgen saß die Familie noch beim Frühstück, als ein Besucher gemeldet wurde. Anne blickte in freudiger Erwartung auf, denn sie hoffte, es sei Richard. Aber ihr erwartungsvoller Blick traf Martin Strange. Er war gekommen, um über seine Jagd auf den Hausierer Bericht zu erstatten.

Er begrüßte Walter freundlich, aber in dieser herablassenden Art, die schon so manche seiner Nachbarn verbittert hatte. Für ihn war Walter noch der kleine Student, der sich nicht den Wind fremder Länder um die Nase hatte wehen lassen und dem daher der letzte Schliff, auf den er selbst so stolz war, fehlte.

»Das einzige, das ich bei unserem nächtlichen frisch-fröhlichen Jagen, bei dem ich bis auf die Haut durchnäßt wurde, erwischt habe, war ein Kinnhaken, bei dem mir die Zähne im Munde wakkelten«, sagte er lachend und zog sich einen Schemel an den Tisch. »Und ich wette hundert gegen eins, daß er nicht von Hubert stammte. Ihr könnt ihn Euch vorstellen: ein kleiner, hagerer Kerl, der mir kaum bis zu den Schultern reicht und den ich wie einen dürren Zweig über ein Knie zerbrechen könnte. Nein, da hatten noch andere ihre Hand im Spiel, und zumindest einer war zu

Pferd. Und das heißt, daß unter unseren eigenen Leuten einige sind, denen man nicht trauen kann.«

»Hast du jemanden erkannt?« fragte Sir William, »ich weiß, es war eine verteufelt dunkle Nacht.«

»Keinen Schimmer. Aber nach den Fußspuren des Mannes zu urteilen, hinter dem wir her waren, muß er etwa von meiner Größe und Figur gewesen sein, und ich kann bestätigen, daß er allerhand in den Fäusten hat.«

Er lachte wieder, und Anne mußte sich über die Lustigkeit wundern, mit der er über seine Blamage hinwegging, aber im selben Augenblick durchfuhr sie ein gelinder Schreck, Richard, und nicht Hubert war der Gejagte gewesen.

»Es ist ja ärgerlich, daß du sein Versteck nicht früher erfahren hattest«, sagte Sir William teilnehmend, »am hellen Tage hättest du ihn sicher erwischt.«

»Ja, als ich Euch in Dimbleside begegnete, das wäre die richtige Zeit gewesen! Aber ich hatte mir gedacht, es wäre leichtsinnig von uns beiden gewesen, Fräulein Anne schutzlos am Waldrand zurückzulassen.«

Sir Williams Gedanken waren ihre eigenen Wege gegangen. Er unterbrach sie jetzt und enthob Anne der Notwendigkeit zu antworten.

»So glaubst du, auch einige unserer Gutsnachbarn hätten mit der Sache zu tun?«

»Ich fürchte, ja. Zu viele leider. Seht zum Beispiel Herrn Hallett. Einer seiner Diener kam vor einiger Zeit zu meinem Vater. Er hatte heftige Gewissensbisse, weil er in jemandes Diensten stand, dessen Treue zur Kirche zweifelhaft war.«

»Nein, nein, Martin«, wehrte Sir William ab, »Herr Hallett ist ein gelehrter und frommer Mann, friedfertig und hilfsbereit zu jedem, der in Not ist. Ich kann mir nicht vorstellen, daß er mit Vagabunden und Verrätern gemeinsame Sache machen soll.«

»Ihr mögt recht haben. Ich wünsche von Herzen, daß er seine Unschuld beweisen kann. Aber Diggory sagt mir, daß einige der Brüder, die ihn besuchten, ernste Zweifel an seiner Kirchentreue haben und daß sie seine Dienerschaft aufforderten, ihr Gewissen zu prüfen, damit sie nicht mit ihm gemeinsam der Ketzerei verfielen. Und Bruder Antonius hat dem armen Diggory so auf der Seele gekniet, daß er seinem Beichtvater gestanden hat. Aber Pater Matthias scheint zu gleichgültig geworden zu sein, oder er fürchtete Herrn Halletts Einfluß im Dorf. So fand Diggory bei ihm keine Hilfe, und er sah sich genötigt, seine Stelle aufzugeben und in die Dienste meines Vaters zu treten.«

Bei diesen Worten durchfuhr Anne ein Schreck, denn ihr fiel Simons Vermutung über die Quelle der Anschuldigungen gegen Herrn Hallett ein.

»Ich muß mich sehr wundern, Martin!« rief Sir William. »Wir hatten Bruder Antonius vor einigen Wochen hier, und da hat er mir nichts davon gesagt. Doch jetzt, wo ich darüber nachdenke, fällt mir ein, daß er mir ein paar seltsame Fragen nach Hubert dem Hausierer stellte – ob ich selber ihn gesehen hätte, und ob einige von meinen Mägden bei ihm kauften. Ich habe mir damals gar nichts dabei gedacht.«

Jetzt mischte sich auch Tante Katherine in die Unterhaltung.

»Bruder Antonius ist ein leichtfertiger, nichtsnutziger Spitzbube«, stellte sie sachlich und nüchtern fest. »Ich habe ihm verboten, meine Küche zu betreten, mit den Mägden zu tuscheln und zu schäkern und sie mit seinem dummen Geschwätz und seinen zweideutigen Blicken von der Arbeit abzuhalten. Für Diggorys Seelenheil interessiert er sich nicht mehr als für einen alten Hut.«

Alle sahen die Sprecherin teils mehr, teils weniger überrascht an, und keiner sagte ein Wort. Martin war der erste, der das Schweigen brach. Er stand auf, nahm seinen Hut und sagte, zum Hausherrn gewandt: »Ich muß mich empfehlen, Sir William. Mein Vater wird schon auf mich warten. Wollt Ihr mit mir bis zum Dorf reiten? Es tut mir sehr leid, daß Fräulein Selby eine so schlechte Meinung von Bruder Antonius hat. Ich kenne ihn als treuen und unermüdlichen Kämpfer für den wahren Glauben. Aber Frauen lassen sich ja leicht durch Äußerlichkeiten zu falschen Urteilen verleiten, nicht wahr, Fräulein Anne? Wer hätte auch hinter unserem so harmlos aussehenden Freund Hubert den ausgekochten Gauner vermutet?«

Auch Sir William erhob sich. Martin verbeugte sich zu den Damen hin, und beide schritten zur Tür. Diese wurde plötzlich aufgerissen, und ein Diener wurde sichtbar, der sich gleich wieder zurückzog. Herein trat Richard Carver und blieb dicht vor Martin Strange stehen. Anne stockte der Atem: mußte nicht in Martin ein Verdacht aufsteigen? Von meiner Größe und Figur! hatte er gesagt. Und da standen sie nun, Auge in Auge, Jäger und Gejagter. Aber sie schienen sich nicht wiederzuerkennen. Sie begrüßten einander, Sir William gab Richard herzlich die Hand, dann ging er mit Martin hinaus, und Richard trat ins Zimmer.

7.

Richard wurde von Fräulein Katherine und Anne herzlich begrüßt. Anne fiel auf, daß er von Walters Anwesenheit gar nicht überrascht war, aber er schien ehrlich erfreut, seinen alten Kameraden hier anzutreffen. Als dann die Tante bald hinausging, um eine Erfrischung für den Besucher zu bereiten, herrschte für einen Augenblick verlegenes Schweigen im Zimmer. Dann sagte Anne:

»Herr Strange hat Jagd auf Hubert den Hausierer gemacht. Er hat uns vorhin erzählt, wie er in der vorletzten Nacht mit einigen Männern den Lissonwald durchsucht hat. Aber Hubert wurde nicht gefunden, nur ein anderer Vagabund, der ihnen aber entkam, nachdem er Martin mit einem Fausthieb zu Boden gestreckt hatte.«

Sie warf Richard schnell einen verstohlenen Blick zu und war sehr erfreut, als er ihr mit spitzbübischem Lächeln und Hochziehen einer Augenbraue zu verstehen gab, daß ihm ihr weitschweifiges Herantasten an die Frage, die ihr so sehr am Herzen lag, Spaß machte.

»Hubert ist jetzt außer Landes und in Sicherheit. Du brauchst dir um ihn keine Sorge zu machen. Aber ich fürchte, wir müssen um einige andere Leute besorgt sein.«

Als Anne ihn mit vor Staunen weit geöffneten Augen ansah, wandte er sich an ihren Bruder.

»Walter, hast du mit Herrn Garrett oder seinen Kameraden zu tun gehabt? Sie waren wohl nicht von deiner Fakultät, aber mir wurde von ihrem Einfluß und ihrer Betätigung erzählt, und in diesem Zusammenhang wurde auch dein Name beiläufig erwähnt.«

Walter antwortete nicht sofort, und Richard wandte sich seiner Schwester zu, um ihm Zeit zu lassen, seine Antwort zu überlegen.

»Dieser Herr Garrett, Anne, ist einer von den vielen, die sich berufen fühlen, das Wort Gottes allen Menschen in ihrer Muttersprache zu bringen. Wie Hubert und seinesgleichen es auf dem Lande in Hütten und Herrenhäuser brachten, haben diese anderen es den Studenten in Oxford vermittelt. Zu zweien und dreien sind sie in ihren Stuben zusammengekommen, um zu lesen und sich über das Gelesene auszusprechen. Vielen von ihnen war es, als seien sie bisher blind gewesen – so strahlend ging ihnen das wahre Wort Gottes auf.«

Er sah wieder erwartungvoll zu Walter hin, und der konnte jetzt endlich antworten.

»Es stimmt – zum Teil –«, stotterte er. »Ich habe Herrn Garrett tatsächlich kennengelernt und eine Zeitlang zu einer der Gruppen gehört. Du weißt, daß ich Herrn Tyndale verehre, und es hat mich sehr interessiert zu sehen, wie sein großes Werk der Vollendung entgegengeht. Aber ich zweifle doch, ob er recht getan hat. Dieser Handel mit dem köstlichen Geheimnis des Wortes Gottes durch Hausierer und Handwerker und der Umgang mit ihm durch unwissende und ungebildete Leute heißt doch, es zu einer gewöhnlichen und billigen Handelsware erniedrigen. Es genügt, daß wir Studenten es in der Ursprache lesen und es den anderen auslegen. Obwohl ich Herrn Tyndales Übersetzung gelesen habe und zugebe, daß sie richtig und in einer edlen Sprache geschrieben ist, kann ich es doch nicht gutheißen, daß sie unter dem gemeinen Volk verbreitet werden soll.«

In der Pause, die auf diese Worte folgte, blickte Anne voller Unruhe von einem zum anderen. Sie war verblüfft über Walters Antwort, hätte ihn aber auch nicht zu widerlegen vermocht. Richard erhob sich von seinem Sitz, trat an den Kamin, stützte einen Ellenbogen auf das mit Schnitzwerk verzierte Gesims und starrte in die glimmenden Holzscheite hinunter.

»Du siehst die Sache vom Standpunkte des Priesters an, Walter«, begann er langsam, »aber ich spreche für die Laien. Ich gebe zu, daß es eine Zeit gegeben hat, in der selbst die Höchstgestellten nicht lesen oder schreiben konnten. Damals war es zweifellos nötig, daß Geistliche und Gelehrte im Schutz der Klostermauern ihre Bücher durchstudierten und dann ihr Wissen dem ungebildeten Volk mitteilten. Aber seitdem haben sich die Zeiten geändert. Die Kaufleute in den Städten und die Landedelleute wie dein lieber Vater haben Bildung genossen. Wir möchten jetzt selber lesen, selber aus dem Brunnen der Weisheit trinken. Warum sollen wir noch immer darauf angewiesen sein, daß uns andere von ihr und ihren Wundern erzählen? Und das Wort Gottes, der Urquell aller Güte, Wahrheit und Weisheit, sollte doch der erste Gegenstand unserer Studien und unserer Freude sein. Es gibt natürlich Narren und Spitzbuben, für die das Wort Gottes wie die Perlen sind, die man vor die Säue wirft. Aber müssen deswegen die Perlen für immer in einem festen Schrein verschlossen bleiben? Wenn die Wahrheit nicht ans Licht soll, nimmt schließlich die Lüge ihren Platz ein.«

Anne wunderte sich über die verhaltene Leidenschaft, die hinter seinen ruhig, aber eindringlich vorgebrachten Worten zu erkennen war. Zum ersten Male fühlte sie, daß es bei dieser Bibel in der Muttersprache um eine Sache auf Leben und Tod ging. Da gab es kein schuljungenhaftes Versteckspielen, kein leichtfertiges Herausfordern der Obrigkeit durch zweifelhafte Abenteurernaturen. Es war ein Kreuzzug, unternommen von Menschen mit offenen Augen und glühendem Herzen, die sich bewußt waren, daß ihr Weg auf dem Scheiterhaufen enden könnte. Sie blickte zu Walter hin, und als sie Angst und Zweifel in seinem Gesicht sah, ging sie zu ihm und legte ihre Hand auf seine Schulter.

»Es ist ja begreiflich, Walter, daß diese Frage auch uns interessiert. Tante Katherine hat uns doch von einem alten Evangelienbuch in unserer Sprache erzählt, das sich zu Großvaters Zeit hier im Hause befand.«

Walter schüttelte ihre Hand ab und rief, kreidebleich im Gesicht:

»Sprich nicht davon, Anne! Du weißt gar nichts von diesen Dingen! Schon was du gerade gesagt hast, könnte größte Gefahr für uns bedeuten, wenn es jemand hörte!«

Er schritt zum Fenster und sah schweigend in den Park hinaus. Richard trat zu ihm und schaute ihn ernst an.

»Gefahr, ja – deswegen bin ich gerade hergekommen. Der zuverlässige Bote, der mir von deiner Verbindung mit Garrett erzählte, hat mir auch mitgeteilt, daß die Behörden auf verborgenen Wegen Kenntnis von seiner Tätigkeit erlangt haben und ihm hart auf den Fersen sind. Wenn sie ihn fangen – wer weiß, wie viele dann noch folgen werden. Mein Freund trifft Vorsorge, daß alle, die sich gefährdet glauben, sich zerstreuen, und er vermutet, daß die Jagd nach ihnen sich zunächst auf unsere Gegend konzentriert. Ich hielt es für dringend nötig, dich zu warnen.«

Walter rang verzweifelt die Hände.

»Du siehst«, schalt Anne, »daß dein Geschwätz von einem ketzerischen Großvater uns alle ins Verderben stürzen kann. Wenn sie hierher kommen, werden sie niemals glauben, daß ich nichts damit zu tun habe. Ich bin schon verurteilt, bevor sie mich überhaupt verhört haben!«

Richard schnitt seine Klagen kurz ab. »Ich mache dir einen Vorschlag. Ich muß jetzt nach London. Kannst du nicht einen Grund finden, mich zu begleiten? In London gibt es viele stille Winkel, wo sich jemand verkriechen kann, bis der Sturm vorüber ist. Dein Gepäck kann dir ein zuverlässiger Diener nachbringen. Komm mit!«

Über Walters Gesicht, das sich bei den ersten Worten aufgehellt hatte, flog wieder ein Schatten.

»Ich möchte schon, ja, ich möchte sogar gern. Aber unter welchem Vorwand kann ich jetzt schon wieder fort, wo ich doch gerade erst angekommen bin?«

In diesem Augenblick ging die Tür auf, und Sir William trat ins Zimmer.

»Entschuldige meine Unhöflichkeit, Richard, aber die jungen Leute haben dich hoffentlich unterhalten, und hier ist meine Schwägerin mit einigen Erfrischungen. Rückt eure Schemel an den Tisch und laßt uns beim Erzählen ein bißchen essen. Ich bin durch böse Nachrichten aufgehalten worden – wirklich böse Nachrichten.«

Sein frisches, freundliches Gesicht war ungewöhnlich ernst und feierlich. Als Fräulein Selby und die Mägde Essen und Wein gebracht hatten, setzten sich die Männer an den Tisch, und Anne stellte sich hinter ihren Bruder.

»Die Nachricht betrifft Herrn Hallett und Cäcilie«, begann Sir William und warf unwillkürlich seinem Sohn einen schnellen Blick zu.

»Als ich mich von Martin verabschiedet hatte, sah ich Simon und Pater Matthias auf dem Weg zu mir den Pfad heraufkommen. Der Pater hatte wohl dienstlich in Worcester zu tun gehabt und sich bei dieser Gelegenheit bei einem ihm bekannten Angestellten des Kanzlers erkundigt, wie es um Herrn Hallett stehe.«

Er machte eine Pause, um einen Schluck aus dem Becher zu nehmen, aber niemand sagte ein Wort.

»Der Freund hat ihn gebeten, in seinem eigenen Interesse nicht weiter zu fragen. Die Sache sei bereits vor Gericht verhandelt worden, und vier der verrufensten Subjekte aus der Gegend hätten seine Schuld beschworen und ihn der übelsten Ketzerei beschuldigt. Wer sie für ihren Meineid bezahlt habe, wisse niemand. Aber aus irgendeinem Grunde habe der Kanzler kein Urteil gefällt, sondern den Fall an die höhere Instanz verwiesen. Und nun, so erzählte Pater Matthias, sei der alte, kranke Herr Hallett nach London gebracht und in den Ketzerturm gesperrt worden.«

»Und Cäcilie, was ist mit ihr?« fragte Anne.

»Sie ist in ein Londoner Kloster gebracht worden, in dem eine

Schwester ihrer Mutter stellvertretende Priorin ist. Dort soll sie Nonne werden, damit sie vor Unheil bewahrt bleibt.«

Als er geendet hatte, saßen alle einen Augenblick wie versteinert da. Walter brach das beklemmende Schweigen.

»Ich muß Cäcilie sehen! Du wirst mich nicht zurückhalten, Vater. Ich muß sie finden und etwas unternehmen, um ihr zu helfen!«

Auch Sir William hatte sich erhoben. Er ging auf Walter zu und legte die Hand auf seine Schulter.

»Du hast recht, mein Sohn. Es fällt mir schwer, dich zu entlassen, wo du erst so kurze Zeit wieder unter uns bist. Aber ich sehe ein – du mußt fort!«

»Sir William«, fiel Richard ein, »ich bin gerade unterwegs nach London. Wenn Walter mit mir reiten will, wird er im Hause meines Vaters willkommener Gast sein, und wir brauchen nicht jeder allein zu reisen.«

Der Vater ging mit Freuden auf das Angebot ein. Sofort machte er Pläne für die Reise und das Nachsenden des Gepäcks, beauftragte seine Schwägerin, Verpflegung und Wäsche zu besorgen und in den Satteltaschen zu verstauen, entschuldigte sich bei Richard und zog Walter mit zum Stall, um nach den Pferden zu sehen. So blieben Anne und Richard allein im Zimmer zurück. Sie sah zu ihm auf, und in ihren Augen glänzten Tränen.

»Oh, Dick!« rief sie aus und nannte ihn, ohne es zu merken, wieder mit dem Namen aus seiner Knabenzeit. »Wie kommen wir nur in diese furchtbare Lage! Wir haben hier in Fairlawn immer ein so stilles und friedliches Leben geführt, und nun sind wir mitten im Sturm. Warum bringt das Lesen der Bibel in unserer Sprache so viel Streit und Vernichtung mit sich?«

Richard sah lächelnd zu ihr nieder, und seine Augen bekamen einen zärtlichen Schimmer.

»Wir leben in gefährlichen Zeiten, Anne. Eine gewaltige Strömung bewegt heute die Menschen in ganz Europa – eine Strömung, die aus tiefen, verborgenen Quellen stammt und uns mit sich fortträgt, wir wissen nicht, wohin. Wir können nichts anderes tun als mit ganzem Herzen den rechten Glauben zu suchen und, haben wir ihn gefunden, an ihm festzuhalten gegen alle Anfechtungen. Die Zeit ist nicht mehr fern, wo jeder einzelne sich für die eine oder die andere Seite entscheiden muß. Du weißt, mich ruft jetzt die Pflicht nach London. Aber ich lasse jemanden zurück, dem du volles Vertrauen schenken kannst: Peter Dunkley. Er bleibt vorläufig in Sodbury und wird jederzeit für dich da sein, wenn du seine Hilfe brauchst. Den größten Teil meines Gepäcks habe ich dort gelassen, und ich hoffe, bald auch selber wieder zurück zu sein. Wenn man tatsächlich die Verdächtigen zuerst hier sucht, wirst du Peters Hilfe vielleicht nötig haben.«

Bei diesen Worten erbleichte Anne. Sollte die Gefahr, der zwar Hubert glücklich entgangen, aber Herr Hallett und Cäcilie zum Opfer gefallen waren, auch an ihrer Tür anklopfen? Wie sollte sie ihr begegnen, wenn Walter und durch ihn auch ihr Vater bedroht würden? Aber Richard sprach weiter.

»Vor allen Dingen rede so wenig wie nur möglich. Einem jungen Mädchen wie dir wird man wohl glauben, daß sie von nichts weiß – wenn sie sich nicht selbst verrät. Schweigen ist also dein bester Schutz. Laß dich nicht ausfragen, und vor allem: gib acht, wenn du mit Martin Strange sprichst. Ich weiß, daß er einer der erbittertsten und fanatischsten Feinde der neuen Bibel ist, und auch all derer, die sie lesen. Durch seine langjährige Freundschaft mit dir und Walter und seine besondere Stellung in deiner Familie wird er versuchen, dich zu umgarnen, so daß du ahnungslos dich und andere in Gefahr bringen könntest.«

Von draußen hörte man Stimmen und das Klirren von Pferdegeschirr. Als Anne ihm versprach, recht wachsam zu sein, fuhr er fort:

»In unserer Bibel steht ein Wort, das uns, die wir täglich von Gefahr umlauert sind, zu großem Trost gereichen kann: Sei stark, fürchte nicht . . .!«

Weiter kam er nicht. Die Tür ging auf, und sie wurden auf die Terrasse gerufen, wo die anderen schon warteten. Walter, bleich und abgespannt aussehend, verabschiedete sich wie im Halbschlaf, und sein Vater dankte Gott, daß er die Reise in Begleitung eines Mannes unternehmen konnte, der mit beiden Beinen fest auf der Erde stand.

Richard verabschiedete sich kurz, aber sehr herzlich, stellte baldige Rückkehr in Aussicht und äußerte die Hoffnung, Walter und vielleicht auch Cäcilie mitbringen zu können. Dann ritten sie den Pfad hinunter auf die Landstraße und waren bald den Blicken der Zurückgebliebenen entschwunden. Voll innerer Unruhe folgte Anne ihrem Vater und ihrer Tante ins Haus. Es war ihr, als läge ein schwarzer Schatten auf der Schwelle – als Vorbote eines nahenden Unheils.

8.

Die Tage schlichen langsam dahin, und von Walter kam keine Nachricht. Vier Tage nach der Abreise der beiden erschien Peter Dunkley, ernst und schweigsam wie immer, und brachte einen Brief von Richard. Er hatte ihn einem westwärts reisenden Geschäftsfreund, dem sie am zweiten Tag nach ihrem Aufbruch begegnet waren, zur Besorgung übergeben. Die wenigen Zeilen enthielten nur die Mitteilung, daß bisher alles gut gegangen und sie frohen Mutes seien.

Peter nahm aber die Gelegenheit wahr, einige Worte mit Anne zu sprechen.

»Wenn Ihr mich braucht, laßt mir durch den Stallburschen Eures Vaters Nachricht geben. Dann bin ich in knapp einer Stunde hier.«

Seit sie ihre Freundin Cäcilie nicht mehr besuchen konnte, ging Anne nur noch selten ins Dorf. Auch bedrückte sie der Anblick des vereinsamten Hauses mit den geschlossenen Fensterläden, und so erging es auch allen Dorfbewohnern, wenn sie an ihm vorbeikamen.

Eines Tages aber zog es sie doch wieder dahin. Sie schritt an der

Schmiede und dem Gasthof vorbei quer über den Dorfanger auf die Kirche und das Pfarrhaus zu, die oberhalb des kleinen Teiches standen. Pater Matthias war in seinem Garten und machte sich in seinen Gemüsebeeten zu schaffen, während Bienen emsig in den Thymian- und Lavendelsträuchern summten. Sie berichtete ihm, was sich inzwischen ereignet hatte, blieb dann aber noch unschlüssig stehen und spielte nervös an einem Lavendelzweig.

»Du hast lange nicht mehr gebeichtet, meine Tochter«, sagte er zärtlich, denn er sah ihr an, daß eine innere Unruhe sie quälte. »Willst du nicht deinen Kummer hier in der Kirche lassen und Segen und Absolution empfangen?«

Anne blickte ihn unsicher an. Es drängte sie mit Macht, ihm ihre Sorgen und Zweifel zu offenbaren – aber wie weit konnte sie einem Priester trauen, selbst Pater Matthias, den sie schon von Kind auf kannte?

»Vater«, begann sie zögernd, »Ihr wißt, was mit Herrn Hallett und Cäcilie geschehen ist. Man sagt, er werde dafür bestraft, daß er die Bibel in seiner Muttersprache gelesen habe, und das ist ja gegen das Gebot der Kirche. Aber warum ist das so? Warum soll es denn Sünde sein, wenn man das kostbare Wort Gottes in seiner eigenen Sprache liest?«

Pater Matthias blickte hinunter auf die Blumen, die zu ihren Füßen blühten. Dann begann er, langsam und vorsichtig die richtigen Worte suchend, zu sprechen.

»Wenn ein Kind klein ist, kann es noch nicht laufen und auch noch nicht sprechen. Die Mutter muß seine unsicheren Schritte stützen, und sie allein versteht seine wortlosen Laute. Sie sagt ihm, was es tun darf und was es lassen muß, sie belohnt seinen Gehorsam und straft seinen Ungehorsam. Aber es kommt die Zeit, wo das Kind erwachsen ist. Dann schüttelt es ihre lenkende Hand ab, entzieht sich ihrer Bevormundung und gestaltet sein Leben mit eigener Kraft. Wenn nun die Mutter eine kluge Frau ist, wird sie den zum Mann Gewordenen als selbständige Persönlichkeit anerkennen und sich freuen, daß er das Leben meistern kann. Hat er so ihre Klugheit und ihr Verständnis für seine Persönlichkeit kennengelernt, wird er auch im ferneren Leben sich gern ihrer behutsamen Führung anvertrauen.

In früheren Zeiten war die Kirche dem Volk eine Mutter, die es auf den rechten Weg lenkte. Aber jetzt werden die Menschen erwachsen. Sie wollen keine zu harte Hand mehr. Sie halten nicht mehr alles unbesehen für gut und richtig, was die Mutter sagt und tut, sondern sehen sie mit kritischen Blicken, und da müssen sie denn manches entdecken, das ihr Vertrauen erschüttert. Und anstatt Selbsterkenntnis zu üben und sich zu läutern, um das verlorene Vertrauen wiederzugewinnen, versucht die Kirche, den Gehorsam durch Züchtigungen zu erzwingen, die ihre Kinder aber nicht mehr hinnehmen wollen.«

Als er kaum geendet hatte, erscholl Pferdegetrappel und Harnischgeklirr, und in einer Staubwolke sprengte eine kleine Schar Reiter ins Dorf. Der Pater und Anne eilten den Anger hinab, um zu sehen, was das zu bedeuten habe.

An der Spitze ritt ein Offizier in der Uniform der Leibgarde des Kanzlers, und als Pater Matthias näherkam, hörte er ihn gerade nach dem Wirt rufen. Der Tag war heiß, die Straße staubig, und seine Leute sehnten sich nach Essen und einem Krug Bier. Plötzlich sah Anne, daß auf einem der Pferde zwei Männer saßen und daß dem hinten Sitzenden die Hände gefesselt waren. In diesem Augenblick drehte sich der vordere um und stieß den anderen vom Pferd, so daß er schwer in den Staub fiel.

Der Gefangene – ein solcher schien er zu sein – erhob sich mühsam und stand mit gesenktem Kopf da, während die anderen abstiegen. Er war ein junger Mann. Seine Kleider waren zerrissen und schmutzig, sein Gesicht von Staub und Schweiß verklebt, und von der Stirn herab rann ein Blutstreifen. Er hatte einen Schuh verloren und hinkte auf einer ungeschickt gewickelten Binde. Anne starrte in einer Art ängstlicher Verzückung zu ihm hinüber, so als ob sie fühle, daß er eine Nachricht für sie habe, obwohl sie ihn nie zuvor gesehen hatte.

Als der Offizier in die Wirtschaft hineinging, rief einer der Soldaten hinter ihm her, was mit dem Gefangenen geschehen solle. Er kam zurück, starrte den jungen Mann kalt und feindselig an, blickte um sich und befahl:

»In den Fußblock mit ihm! Er hat einen langen Marsch hinter sich. Da wird es seinen Füßen gut tun, wenn er eine Zeitlang sitzt und über seine Sünden nachdenkt.«

Die Soldaten lachten. Zwei von ihnen packten den Gefangenen und zerrten ihn über den Anger zu der Stelle, wo der Fußblock aufgebaut war. Im Nu waren seine Füße zwischen zwei Blöcken fest eingespannt, und die beiden folgten hohnlachend den anderen ins Wirtshaus.

Inzwischen hatten sich sämtliche Dorfbewohner eingefunden. Einige lachten, andere blickten finster drein, aber alle waren neugierig. Sie standen jetzt in einem großen Halbkreis herum und starrten den bemitleidenswert jämmerlich aussehenden jungen Mann an. Der sprach plötzlich mit schwacher, heiserer Stimme.

»Wenn deinen Feind hungert, so speise ihn; wenn ihn dürstet, so tränke ihn. Gute Leute, ich bin schwach vor Hunger und ausgedorrt vor Durst. Hat jemand den Mut, mir einen Becher frischen Wassers zu geben?«

Ehe sich jemand regen konnte, trat Pater Matthias vor. Mit befehlender Stimme schickte er einen Jungen zum Brunnen und einen anderen ins nächstgelegene Haus, einen Bissen Brot zu holen. Seine Pfarrkinder blickten verwundert zu, als er dann auf den Gefangenen zuging, mit eigener Hand den Becher an seine Lippen führte und das Weizenbrot für ihn brach. Als der Fremde sich einigermaßen erholt hatte, setzte sich der Pater auf einen Baumstumpf und begann mit ihm zu sprechen.

»Mein Sohn, welches auch dein Vergehen sein mag – noch ist es Zeit, es zu beichten und zu bereuen. Kann ich, der Pfarrer dieser Gemeinde, etwas sagen oder tun, deine Seele zu erleichtern?«

»Vater, Ihr meint es gut, aber mein Gewissen ist rein. Ich liege hier nicht, weil ich ein Verbrechen begangen hätte, sondern weil ich es gewagt habe, das Wort Gottes in englischer Zunge zu lesen und mit anderen Oxforder Studenten darüber zu sprechen.«

Ein Raunen ging durch die Umstehenden, und Anne machte

unwillkürlich einen Schritt auf den Gefangenen zu. Zuerst langsam, dann schneller werdend, erzählte er seine Geschichte, und Anne hörte ihm in wachsender Erregung zu. Bei jedem Wort war es ihr, als sähe sie Walter an seiner Stelle. Sie sah die kleinen Gruppen von Studenten, zwei oder drei nur, wie sie auf ihren Stuben zusammenkamen, um die Bibel und die Traktate zu lesen, die heimlich unter ihnen herumgingen. Sie sah die Doktoren, Rektoren und Dekane sich wütend ereifern, als sie von diesen heimlichen Zusammenkünften erfuhren. Sie sah die beschuldigten Studenten ängstlich miteinander beraten, zitternd ihrer Verhaftung entgegensehend und sich gegenseitig Mut zusprechend mit Worten aus dem verbotenen Buch, das Ursache ihrer Sorgen, aber zugleich Quelle ihrer Kraft war. Sie sah diesen jungen Menschen sich nächtlicherweise heimlich davonstehlen, gehetzt und gejagt, wie es Hubert ergangen war, vergeblich versuchend, die Hafenstadt Bristol zu erreichen, um im Ausland Sicherheit zu finden. Statt dessen war er in eine Falle gegangen, und so befand er sich jetzt auf dem Weg ins Gefängnis, vielleicht in den Tod.

»Es geht mir nicht um mich«, schloß er. »Ich bin es gewohnt, gefährlich zu leben, seit ich mich meiner Aufgabe verschrieben habe. Aber ich mache mir Sorgen um einige Kameraden, die noch jung im Glauben sind und das Kreuz der Verfolgung nicht werden tragen können und von denen manche zu den tüchtigsten und hoffnungsvollsten Studenten in Oxford gehören.«

Es enstand allgemeines unwilliges Murren unter den Umstehenden, und einige Frauen wischten sich verstohlen Tränen aus den Augen. Dann, als alle zu Pater Matthias hinsahen und gespannt waren, was er zu der Erzählung des Gefangenen zu sagen habe, drängte sich ein neu Angekommener durch die Menge und trat in den Halbkreis, der sich um den Pater, Anne und den Gefangenen gebildet hatte. Es war Bruder Antonius, und sein Gesicht verriet Wut und Haß.

»Die Pest hol euch alle! Was steht ihr hier um diesen verfluchten Ketzer herum! Habt ihr keine Steine, um ihn zum Schweigen zu bringen, keinen Dreck, um ihm das Lügenmaul zu stopfen?

Und Ihr, Pater Matthias, glaubt Ihr, der Bischof würde es ungestraft dulden, daß Ihr Eure Herde hier herumstehen und Gift aus dieser verruchten Quelle trinken laßt? Stinkt es nicht schon zum Himmel, daß hier, direkt unter Euren Augen, die Sendboten der Hölle in Halletts Haus am Werk gewesen sind? Und nun laßt Ihr sie sogar am hellichten Tage auf Eurem Dorfplatz predigen! Pfui über den falschen Seelenhirten!«

Darauf bückte er sich, nahm eine Handvoll Dreck und Steine vom Boden auf und warf sie dem Gefangenen ins Gesicht.

Aber die Dorfbewohner waren nicht in der Stimmung, sich durch sein Schimpfen einschüchtern zu lassen. Diesmal war er zu weit gegangen. Wie damals, als Anne von Herrn Hallets und Cäcilies Verhaftung gehört hatte, war der Schmied der Wortführer.

»Brüder!« rief er, »dies ist der Mann, der unseren guten Herrn Hallett ins Gefängnis und vielleicht auf den Scheiterhaufen geschickt hat. Dies ist der Schnüffler, der in unseren Häusern herumschleicht und uns aus hier und da aufgeschnappten Worten einen Strick dreht. Ins Wasser mit ihm! Wenn schon jemand im Fußblock steht, soll auch der Tauchstuhl nicht leerbleiben!«

In dem aufbrausenden Gelächter und Durcheinander von aufgeregten Stimmen konnte sich Pater Matthias mit seinem Protest kein Gehör verschaffen. Die Männer umringten den unglücklichen Bruder und zerrten und stießen ihn zum Rand des Teiches, wo noch immer der Tauchstuhl stand, obwohl es schon lange her war, daß er zum letzten Mal gebraucht worden war, um ein zänkisches Weib zu tauchen oder eine Hexe peinlich zu verhören. Trotz heftigen Sträubens wurde er bald auf den Stuhl gebunden und unter Geschrei und Gelächter mehrmals getaucht.

Plötzlich wurde der Lärm von dem durchdringenden Ruf: »Im Namen des Königs!« übertönt. Im Augenblick herrschte Totenstille. Alle blieben wie angewurzelt stehen, und sogar der Bruder hörte auf, sich zu sträuben. Aller Augen waren auf den Rufer gerichtet. Es war Martin Strange, der mit flammenden Blicken und vor Zorn bleichem Gesicht von seinem Pferd herab in die Menge starrte. Hinter ihm, ebenfalls zu Pferde, sein Vater, während von der Wirtschaft her die Soldaten gelaufen kamen.

Sir John ritt ein paar Schritte vor. »Meister Schmied, was bedeutet dieser Lärm und dieser Aufruhr?« fragte er streng.

Der Schmied, dessen Zorn durch die direkte Anrede des hochgestellten Herrn doch erheblich abgekühlt wurde, berichtete stokkend, wie sie, des ewigen Spionierens und Schikanierens durch Brüder und Bettelmönche überdrüssig, einmal einem von ihnen, der sie ganz besonders gereizt habe, einen kleinen Denkzettel hätten geben wollen.

»Bindet ihn los!« befahl Sir John. »Und du«, wandte er sich an den Wirt, »nimmst ihn mit nach Haus. Du sorgst dafür, daß seine Kleider getrocknet werden, und dann bringst du ihn zu mir. Ihr anderen geht an eure Arbeit, und ihr Frauen in eure Küchen. Ich will nicht, daß in meinem Bezirk der Landfriede gestört wird. Und Ihr, Pater Matthias, wo ist Eure Autorität geblieben? Wie könnt Ihr es zulassen, daß ein Amtsbruder so mißhandelt wird! Das weitere wird sich finden!«

Er wendete sein Pferd und ritt langsam weiter. Die Menge begann sich zu zerstreuen, der Wirt führte den bis auf die Haut durchnäßten Bruder in sein Haus, während die Soldaten mit dem Gefangenen davonritten.

Als der allgemeine Tumult begonnen hatte und die Menge zum Teich strömte, war Anne allein bei dem Gefangenen zurückgeblieben. Ein schneller Blick hatte sie überzeugt, daß niemand auf sie achtete, und so war sie nahe an ihn herangetreten und hatte mit ihm sprechen können.

»Kennt Ihr Walter Medway?« Der Fremde nickte mit dem Kopf. »Ist er auch in Gefahr?«

»Gefahr besteht für alle, die sich mit der Heiligen Schrift befassen. Wenn Ihr ihn kennt, bittet ihn, in diesen schweren Tagen fest zu bleiben.«

Mehr hatten sie nicht miteinander sprechen können. Anne hatte zufällig aufgeblickt und Sir John mit seinem Sohn ins Dorf einreiten sehen. Sie war schnell hinter eine dicke Eiche gesprungen, und von ihrem Versteck aus hatte sie die weiteren Ereignisse verfolgt.

Dann hatte sie sich, als die Menge sich auflöste, unter die anderen Frauen gemischt und war auf schnellstem Wege nach Hause geeilt.

9.

Es war am Vorabend des ersten Maitages, aber es herrschte bereits eine Hitze wie im Hochsommer. Die Londoner, die die Vorbereitungen für die Maifeier trafen, wischten sich den Schweiß von der Stirn und verwünschten die Hitze. In einer Dachkammer des Carverschen Hauses stand Walter Medway an dem winzigen Fenster und sehnte sich nach der kühlen, frischen Luft seiner Heimat.

Er war jetzt schon seit zwei Wochen in London, und noch immer hatte er Cäcilie nicht gefunden. Da er sich ja selber nicht ganz sicher fühlte, wollte er auch nicht durch vieles Fragen nach ihrem möglichen Verbleib die Aufmerksamkeit auf sich lenken. Richard, der ihm hätte helfen können, war für seinen Vater unterwegs, hatte ihm aber vor seiner Abreise doch noch einen Hinweis geben können.

Einer seiner Freunde hatte geschäftlich mit der Priorin des Minoritenklosters in Aldgate zu tun gehabt. Da war ihm ein junges Mädchen begegnet, das gerade aus deren Zimmer kam und weder das Gewand einer Nonne noch einer Novize trug, also wohl nur zu Besuch im Kloster weilte. »Ihre Augen waren verweint«, hatte er erzählt, »und in ihrem Gesicht stand Unruhe und Angst geschrieben. Das bedrückte mich sehr, denn ich habe selber Töchter und möchte bei jungen Mädchen nur frohe Gesichter sehen.«

Das fiel ihm jetzt wieder ein, und da ihm die Zeit bis zu Richards Rückkehr zu lang werden würde, beschloß er, sofort auf eigene Faust loszulegen, um festzustellen, ob die Fremde etwa Cäcilie sei. Er kannte sich zwar in der Stadt noch schlecht aus, aber er wußte, daß er sich nach Osten halten müsse. So zog er seine dunkle Tunika an und setzte den Hut auf, zog ihn tief ins Gesicht und machte sich auf den Weg. Das schien ihm sicherer so, obwohl er kaum zu befürchten brauchte, unterwegs erkannt zu werden.

Nach etwa einer Viertelstunde stand er vor dem großen Tor des Minoritenklosters und überlegte, was er als Grund seines Besuches angeben könnte. Für alle Fälle hatte er bereits vor einigen Tagen einen Brief an Cäcilie geschrieben, und den nahm er jetzt aus der Tasche. Dann faßte er sich ein Herz und zog die Glocke. Nach einigen Augenblicken hörte er Schritte sich nähern, und ein kleines Gitterfenster in der Tür wurde aufgeschoben.

»Was wünschen Sie?« fragte die Laienschwester, die den Pförtnerdienst versah.

»Ich möchte die Mutter Oberin sprechen«, sagte Walter kühn, »ich bin vor kurzem aus der Gegend von Raven Abbas angekommen und habe eine Cäcilie Hallet betreffende Botschaft an sie.«

Zu seiner Überraschung hatte er mit diesem Überfall Erfolg. Das Fensterchen wurde geschlossen, das Tor geöffnet, und die Laienschwester bat ihn, ihr zum Sprechzimmer der Priorin zu folgen, wo sie ihn allein ließ. Die Minuten schlichen dahin, und Walter begann schon unruhig zu werden, als die Tür aufging und die Priorin hereinkam. Sie war groß und hager, fast dürr, der Mund hart und energisch, die Augen kalt und unergründlich unter schweren Lidern. Sie schritt mit gemessener Würde ins Zimmer, die Hände in den weiten Ärmeln ihres Gewandes verborgen. Walter fiel mit gesenktem Kopf auf ein Knie nieder, und sie hob leicht eine Hand zum Segensgruß.

»Ihr habt mir melden lassen, Ihr hättet eine Nachricht für mich wegen Fräulein Cäcilie Halletts.« Ihre Stimme war so hart und kalt wie ihre Augen. »Was für eine Nachricht ist das?«

Er fühlte, wie er unsicher wurde, aber er nahm allen Mut zusammen.

»Mein Name ist Walter Medway. Wir sind Nachbarn von Herrn und Fräulein Hallett, und unsere Familien sind sich schon seit Jahren einig, daß sie meine Frau werden soll, sobald ich meine Studien in Oxford beendet habe. Ich bin vor kurzem nach Hause zurückgekommen, und als ich von der Verhaftung ihres Großvaters und von der Gefahr hörte, die ihr selber drohen könnte, habe ich mich sofort aufgemacht, sie zu suchen.«

Die Priorin sah ihn eine volle Minute lang starr an, ohne ein Wort zu sprechen, während er fieberhaft überlegte, was er sonst noch vorbringen solle.

»Ihr wißt«, begann sie endlich, »daß Hallett der Ketzerei beschuldigt und wohl auch überführt wird. Könnt Ihr da als treuer Sohn der Kirche noch mit dem Gedanken spielen, dieses unselige Mädchen zu heiraten? Fürchtet Ihr nicht, daß auch sie von dieser Seuche angesteckt sein kann? Wollt Ihr Eure unsterbliche Seele dadurch gefährden, daß Ihr Euch an eine Person bindet, die vor dem gleichen Tribunal wie ihr Großvater erscheinen muß und die, wenn sie für schuldig befunden wird, in diesem und in jenem Leben der Verdammnis verfallen ist?«

Walter sah sie verwundert und bestürzt an. Ihre Augen waren jetzt nicht mehr kalt, sie glühten von einem wilden Fanatismus, der ihn mehr ängstigte als ihre Worte.

»Frau Oberin«, stammelte er, »ich schwöre Ihnen, daß Cäcilie unschuldig ist. Sollte Herr Hallett wirklich ein Ketzer sein, so halte ich es aber für unmöglich, daß er seine Enkelin in Gefahr brachte, indem er sie an seinem verwerflichen Treiben teilhaben ließ. Und wo könnte sie sicherer vor Ansteckung bewahrt bleiben als in meiner Obhut und meiner Liebe!«

»Eure Obhut! Eure Liebe!« Die Stimme war schneidend wie ein Messer. »Seid Ihr auch schon angesteckt, daß Ihr Euch vermessen über die Mutter Kirche erhebt? Ein Leben der Selbstverleugnung und der Unterwerfung unter die Klosterzucht ist ein niedriger Preis, um für selbst den leisesten Hauch der Ketzerei zu büßen. Wenn Cäcilie in unseren Orden eintritt, wird sie durch eine Liebe gerettet werden, die unendlich hoch über Euren weltlichen Gedanken und Gelüsten steht – eine Liebe, gegen die Eure irdischen Gefühle verblassen wie ein flackerndes Kerzenlicht vor der strahlenden Pracht der himmlischen Sonne!«

Sie mußte tief Luft holen, und es kam Walter vor, als sei es plötzlich dunkel im Zimmer geworden. Die Farbe war aus ihrem

Gesicht geschwunden, und der fanatische Glanz in ihren Augen erloschen.

»Ihr sollt sie sehen. Ihr Beichtvater wünscht, daß ihre Freunde mit ihr sprechen, wenn sie es will.« Ohne weitere Worte wandte sie sich zur Tür und schritt hinaus. Walter starrte ihr in höchstem Erstaunen nach. Wie konnte sie nur so plötzlich von Wut zu Sanftmut überwechseln? Warum mochte der Beichtvater Anweisungen gegeben haben, die ihren eigenen Ansichten so offensichtlich widersprachen? Was sollte er Cäcilie sagen, wenn sie hereinkam, zumal die Priorin zweifellos mit im Zimmer sein würde?

Aber Cäcilie kam allein. Sie schloß behutsam die Tür und warf sich mit einem leidenschaftlichen Tränenausbruch in seine Arme. Lange Zeit vermochte sie kein Wort herauszubringen, und Walter konnte sie nur zärtlich streicheln und ihr leise Trost zusprechen. Ihre Wangen waren bleich, sie sah mager und erschöpft aus, und ihre Augen waren von vielem Weinen gerötet. In Walters Brust wogten Schmerz und Zorn gegeneinander. Endlich wurde Cäcilie ruhiger; er zog sie auf eine Bank und setzte sich neben sie.

»Oh, Walter«, seufzte sie, »du kannst dir gar nicht denken, wie froh ich bin, dich zu sehen! Ich wußte ja, daß du mir helfen würdest. Nimmst du mich mit nach Hause zurück?«

Ihre Augen leuchteten so hoffnungsfroh, daß es Walter eng ums Herz wurde, denn er konnte ihr ja die Wahrheit nicht verheimlichen. Als er traurig den Kopf schüttelte, begannen ihre Tränen von neuem zu fließen.

»Aber Walter, du weißt doch, daß ich unschuldig bin! Wie konnte ich ahnen, daß mein Großvater ketzerische Bücher las? Hätte er mich nur ein bißchen lieb gehabt, dann hätte er das nicht getan. So hat er uns beide unglücklich gemacht. Er wird sterben müssen, und ich werde mein ganzes weiteres Leben tot sein!«

Sie sprang auf und lief, verzweifelt die Hände ringend, im Zimmer auf und ab. Schließlich blieb sie vor ihm stehen und sah ihn an.

»Hast du es nicht gehört? Weißt du nicht, daß sie eine Nonne aus mir machen wollen? Sie sagen, das sei der einzige Weg, die

Sünden meines Großvaters abzubüßen. Sie sagen, nur dadurch könnte ich mich vor dem Schicksal retten, das dem Ketzer droht. Sie sagen –, sie sagen –, sie sagen –! Und ich selbst? Will ich mein ganzes Leben lang nur noch büßen und beten? Will ich mein ganzes Leben in gehorsamer Unterwürfigkeit unter einer Oberin verbringen, die mich bei jeder Gelegenheit schilt und schmäht? Ich hatte geglaubt, ich würde – ich würde –«

Walter faßte ihre Hände und zog sie neben sich.

»Liebste, das sollen sie dir nicht antun. Du wolltest eine glückliche Frau und Mutter werden, meine eigene süße Frau, und Herrin auf Fairlawn. Und das sollst du auch! Du sollst nicht hinter diesen düsteren Klostermauern lebendig begraben sein. Sei stark, Liebste. Nur noch kurze Zeit, dann reiten wir beide zusammen nach Hause zurück!«

Wie das allerdings geschehen sollte – das wußte er nicht. Er wußte nur, daß der Anblick der zu Tode betrübten Geliebten ihm so naheging, daß er eine unbändige Entschlossenheit in sich aufsteigen fühlte, der nichts unmöglich schien. Irgendwie – irgendwann – er würde schon Mittel und Wege finden, sie vor dem ihr drohenden Schicksal zu retten und sie zu seiner Frau zu machen!

»Jetzt, Liebste, muß ich dich verlassen. Ich wohne bei Richard Carvers Eltern hier in der Stadt. Dort werde ich Pläne machen und für Hilfe sorgen. Bald bin ich mit einem Schlüssel zu deinem Gefängnis wieder hier. Laß dich durch Schmähungen und Drohungen nicht unterkriegen und warte auf mich.«

Während er noch sprach, ging die Tür auf, und die Laienschwester trat herein. Schweigend bedeutete sie Walter, ihr zu folgen. Mit einem kurzen Lebewohl mußte er sich von der Geliebten losreißen. Und bald stand er draußen vor dem schweren Tor, das mit häßlichem Knarren hinter ihm ins Schloß fiel.

Da stand er nun, regungslos, wie im Traum. Er sah kaum die Menschen, die dicht an ihm vorbeigingen, und zerbrach sich den Kopf, wie er die Rettung bewerkstelligen könne. Als er schließlich weiterging, hörte er hinter sich ein leises Klicken. Er wandte sich schnell um und sah gerade noch, wie das kleine Guckfenster vorsichtig zugeschoben wurde. In diesem Augenblick kam ihm blitzartig seine eigene unsichere Lage wieder zum Bewußtsein. Cäcilies Unglück hatte seine Gedanken so sehr beschäftigt, daß er vergessen hatte, auf wie schwankendem Boden er, der Flüchtling, selber stand. Und plötzlich sah er seinen Besuch im Kloster in einem ganz anderen Licht.

Er begann sich zu fragen, warum man ihn ohne weiteres eingelassen hatte; warum Cäcilies Beichtvater Wert darauf legte, daß sie mit ihren Freunden sprach; warum man ihnen erlaubt hatte, sich allein auszusprechen. Jetzt war ihm alles klar. Man hatte damit gerechnet, daß Freunde ihres Großvaters, die natürlich auch Ketzer waren, sie besuchen würden. Man hatte gehofft, daß die Besucher in einem Gespräch unter vier Augen – das natürlich von einem heimlichen Lauscher aufgezeichnet wurde – sich selbst oder andere bloßstellten. Cäcilie war also nur als Lockvogel benutzt worden, und er war in die Falle gegangen!

Der Angstschweiß trat ihm auf die Stirn, und in einem halb unbewußten Entschluß schlug er die falsche Richtung ein, um seine Spur zu verwischen, und bald befand er sich in dem Gassengewirr des Hafenviertels.

Es herrschte reger Verkehr, und viele Menschen waren unterwegs. Von Zeit zu Zeit sah er sich ängstlich um und atmete jedesmal erleichtert auf, wenn er keinen Verfolger entdeckte. Aber in dem Menschengedränge war es schwer zu erkennen, ob jemand gerade auf seiner Spur war. So verfolgte er ohne ein bestimmtes Ziel seinen Weg weiter, in der Hoffnung, einen möglichen Verfolger längst abgeschüttelt zu haben.

Schließlich verlangsamte er seine Schritte etwas und überlegte, ob er nicht jetzt ungefährdet nach Hause gelangen könne. Aber er hatte keine Ahnung, wohin er sich wenden müsse, denn er war inzwischen durch so viele Straßen und Gassen gegangen, daß er längst die Richtung verloren hatte. Vor einer kleinen Wirtschaft machte er unvermittelt halt, unschlüssig, ob er hineingehen und sich unauffällig nach dem Weg erkundigen solle. Er war so plötzlich stehengeblieben, daß ein dicht hinter ihm gehender Mann auf ihn aufprallte, dann aber schnell weiterging, ohne seine Entschuldigung abzuwarten. Walters flüchtiger Seitenblick hatte nur ein bleiches, hageres Gesicht mit schwarzen Augen unter einer Mönchskapuze aufgefangen. Gesicht und Gang kamen ihm auf merkwürdige Weise bekannt vor, und das erfüllte ihn mit neuer Angst und Unruhe.

Mit schnellem Entschluß betrat er die Wirtschaft, bestellte im Vorbeigehen an der Theke einen Krug Bier und setzte sich in eine dunkle Ecke. Es waren aber noch zwei Männer in der Gaststube, und er hoffte, sie würden bald gehen, damit er mit dem Wirt allein sei und ihn unauffällig nach dem Weg fragen könne. Aber die Männer machten keine Anstalten aufzubrechen. So trank er seinen Krug aus, zahlte und ging zur Tür. In diesem Augenblick drängten vier Soldaten des Bischofs herein. Hinter ihnen kam der Mann, mit dem er auf der Straße zusammengestoßen war, und jetzt erkannte er ihn: Bruder Antonius.

»Verhaftet den Mann!« befahl er den Soldaten. Und ehe Walter an Gegenwehr denken konnte, waren ihm schon die Hände gefesselt. Vergebens beteuerte er seine Unschuld; der Anführer schnitt ihm barsch das Wort ab. »Erzähl deine Geschichte dem Bischof; der hat eine schöne Methode, Wahrheit und Lüge zu unterscheiden!«

Während dieser Zeit hatte der Mönch schweigend im Hintergrund gestanden und mit haßerfüllten Blicken achtgegeben, daß sein Befehl ausgeführt wurde. Jetzt begann er zu sprechen.

»Er wird nur Lügen entdecken. Alle Ketzer sind ja Söhne des Teufels, des Vaters der Lüge. Aber dieser saubere Vogel wird noch merken, daß beide in demselben Netz gefangen sind, und seien London und Raven Abbas noch so weit voneinander entfernt!«

Mit dieser dunklen Drohung gab er den Befehl, den Gefangenen abzuführen. Nach einiger Zeit erreichten sie den Ketzerturm, einen der beiden sehr alten steinernen Türme, die sich rechts und links an der Westseite der St.-Pauls-Kathedrale erhoben. Der nördliche war ein Teil des bischöflichen Palais, das den Kirchplatz nach Norden abschloß. Der südliche diente als Gefängnis, und da die Insassen zumeist solche Leute waren, die der Ketzerei und des Ungehorsams gegen die Kirche beschuldigt wurden, hieß er allgemein der Ketzerturm. Walter fiel ein, daß man auch Herrn Hallett hierhingebracht hatte.

Inzwischen war die Dämmerung hereingebrochen, und der Gefängniswärter, der das schwere, eisenbeschlagene Tor öffnete, hielt eine Laterne über den Kopf, um die Ankömmlinge zu erkennen. Der Bruder trat auf ihn zu, und die beiden führten eine halblaute Unterhaltung, von der Walter nichts verstand. Dann winkte der Wärter, ihm zu folgen, und er ging voran, eine Wendeltreppe hinauf. Schließlich machte er halt und schloß mit lautem Schlüsselgerassel eine Tür auf.

»Hier hinein!« knurrte er mürrisch. Er blieb draußen stehen, um die Männer mit dem Gefangenen hineinzulassen, und seine Laterne warf ein schwaches Licht in die Zelle, in der Walter ein Strohlager, einen Tisch und einen Schemel erkannte. Dann erhielt er einen so kräftigen Stoß in den Rücken, daß er vorwärts auf den Steinboden flog.

»Löst ihm die Hände!« befahl der Mönch. Als das geschehen war, schickte er die Soldaten mit einer Kopfbewegung hinaus und folgte ihnen. An der Schwelle blieb er noch einmal stehen und grinste höhnisch zu Walter hinüber.

»Ich wünsche angenehme Träume, Herr Walter! Morgen früh wollen wir mal sehen, wie ein kaltes Nachtlager und ein leerer Magen den Verstand beflügeln, wenn der Bischof Euch verhört!«

Die Tür fiel dröhnend ins Schloß, und der Schlüssel drehte sich knarrend. Walter blieb in völliger Finsternis allein zurück, hungrig und durstig und in quälender Angst und Sorge um sich und um seine Lieben, besonders um Cäcilie, die jetzt vergeblich auf ihn als ihren Retter warten müßte.

10.

Diesmal waren die Bewohner von Raven Abbas bei den Vorbereitungen für die Lustbarkeiten zur Maifeier in gedrückter Stimmung, denn sie wußten, daß sie sich den größten Unwillen Sir John Stranges zugezogen hatten. Es gingen Gerüchte von Geldstrafen um, von Verhaftungen, von Ausstoßung des Schmieds aus der Kirche, von der Absetzung Pater Matthias' als Gemeindepfarrer, aber bis jetzt war noch nichts geschehen.

Sie hatten einen schönen, schlanken Baum ausgesucht und gefällt, der als Maibaum auf dem Dorfanger aufgerichtet werden sollte. Die älteren Leute waren nur mit gemischten Gefühlen bei der Sache, aber die jüngeren zogen schon beim ersten Strahl der Morgensonne hinaus, um ihn, mit Blumen beschmückte, im Triumph einzuholen.

So hatte es sich ergeben, daß Anne zur gleichen Stunde, als Walter in seinem Gefängnis aus unruhigem Schlummer erwachte, mit Martin Strange zusammengetroffen war und nun mit ihm allein durch den Wald schlenderte. Seit ihres Bruders Abreise hatte sie es vermeiden können, mit ihm allein zu sein. An diesem Morgen war sie mit mehreren jungen Leuten aufgebrochen, und sie wußte selber kaum, wie es geschehen war, daß sie und Martin plötzlich von den anderen getrennt waren. Martin war in glänzender Laune und behandelte sie mit jener Mischung von weltmännischer Galanterie und brüderlicher Ungezwungenheit, die ihr anfangs nach seiner Rückkehr so gut gefallen hatte. Sie waren so fröhlich miteinander, daß Anne ihre Befürchtungen beinahe vergessen hätte, wenn nicht am Tage vorher Peter Dunkley sie ausdrücklich an die Mahnung seines Herrn erinnert hätte, im Umgang mit Martin Strange größte Vorsicht walten zu lassen.

Als ihre Körbe voll Blumen waren, setzten sie sich auf einen Baumstamm. Martin versank nun in Stillschweigen, so daß Anne unruhig wurde und sich suchend nach den anderen umsah.

»Laß sie doch«, sagte er mit wegwerfender Handbewegung, »sie werden sich noch da hinten im Wald zu schaffen machen.«

Anne wollte aufstehen und sie suchen, aber Martin hielt sie zurück.

»Bin ich ein so schlechter Gesellschafter, daß du dich nach einem besseren umsehen mußt?« fragte er scherzhaft. Dann wurde er plötzlich ernst. »Warum meidest du mich, Anne? Was habe ich dir getan? Zürnst du mir noch immer wegen meiner stürmischen Werbung damals? Das wäre allerdings neu, daß eine Frau sich beleidigt fühlt, wenn ein Mann ihr seine Liebe gesteht!«

Anne errötete und blickte weg, aber dann gab sie ihm eine offene Antwort.

»Nein, Martin, was mich so geärgert hat, das war nicht der Inhalt deiner Worte, sondern die Art, in der du sie vorbrachtest. Und ich kann mir auch nicht vorstellen, daß du im Ernst daran dachtest, mich zu heiraten. Warum solltest du dir ein einfaches Mädchen vom Lande aussuchen, wo du doch reiche Auswahl unter den Schönheiten in der Stadt und sogar bei Hofe hast. Ich nehme an, du wolltest nur scherzen.«

»Beim Himmel, nein!« rief er erregt. »Ich gebe nichts um Früchte, die jeder pflücken kann. Gleich als ich nach meiner Rückkehr von Italien zum ersten Mal nach Fairlawn kam, erkannte ich, daß du die Frau bist, die ich suche, und in den letzten Monaten ist mein Entschluß, dich zu gewinnen, nur noch fester geworden.«

In seiner Stimme klang der gleiche herrische Unterton mit, der sie schon damals so unangenehm berührt hatte.

»Aber Martin«, entgegnete sie, »du bist für mich wie ein großer Bruder. Ich liebe dich nicht so, wie du sagst, daß du mich liebst.«

»Du wirst es lernen, Anne. Kannst du leugnen, daß du mir in der letzten Zeit aus dem Wege gehst? Zeigt das nicht, daß du dich vor deinem eigenen Herzen fürchtest? Gib mir eine Chance, und ich werde dich lehren, mich zu lieben. Aber warum überhaupt so lange warten? Du weißt, daß auch dein Vater nichts sehnlicher wünscht, als daß wir beide heiraten. Werde meine Frau, Anne, du wirst mich bestimmt lieben lernen!«

Anne sah wieder beiseite, und es tat ihr ein bißchen leid, daß sie ihm durch ihre Weigerung weh tun mußte. Aber in diesem Augenblick erkannte sie, daß ihr Herz bereits gewählt hatte, daß sie schon jemandem angehörte, aber nicht Martin, sondern Richard Carver. Wäre Richard ihr nicht begegnet – vielleicht hätte sie geglaubt, daß Martin ihre Liebe gewinnen könne, vielleicht auch hätte sie sich der Autorität ihres Vaters gebeugt, wie ja die meisten Mädchen nach dem Willen der Eltern heirateten. Aber jetzt wußte sie, daß es Richard war, dem sie angehören müsse, wenn sie überhaupt jemanden angehören sollte, und Martins Werben konnte ihren Sinn nicht ändern.

»Ich kann dich nicht heiraten, Martin«, sagte sie ruhig und wandte sich mit einem Blick echten Bedauerns zu ihm hin. »Glaub mir, ich weiß die Ehre zu schätzen, die du mir durch deine Werbung erwiesen hast; denn es ist schon eine große Ehre, von dir zur Frau begehrt zu werden. Aber es kann nicht sein.«

Martin stand auf und blickte, an einen Baum gelehnt, mit zusammengezogenen Brauen zu ihr herab.

»Es kann nicht sein? Wenn dein Vater aber sagt: Es muß sein! Was dann? Wirst du auch ihm Trotz bieten wie mir?«

»Warum sollte mein Vater mir befehlen, dich zu heiraten? Er mag es wünschen, aber ich bin sicher, daß er mich nicht dazu zwingt. Im übrigen sage ich dir noch einmal, daß ich dich nicht heiraten will.«

Martin sah sie forschend an, und sein Blick unter den schwarzen Brauen verfinsterte sich.

»So gedenkt Ihr einen anderen zu heiraten, Fräulein Anne! Diesen Gedanken könnt Ihr Euch aus Eurem hübschen Köpfchen schlagen. Ich sage Euch, daß Ihr mit mir vor den Altar treten werdet, auch wenn Ihr mich nicht lieben und Eurem Vater den Gehorsam verweigern wollt.«

Vor dem Ungestüm seiner Worte und Blicke erhob sich Anne und machte Anstalten, fortzugehen. Aber Martin packte sie am Arm und riß sie zu sich herum.

»Ihr seid in meiner Hand, Fräulein Anne. Und nicht nur Ihr, auch Euer Vater, Euer Bruder und Eure Tante. Wenn ich will, ist der Besitz, der gute Name, ja sogar das Leben Eurer ganzen Familie verwirkt!«

Anne befreite mit einem Ruck ihren Arm aus seinem Griff, blieb jedoch stehen.

»Du bist verrückt, Martin!« rief sie ihm ins Gesicht. »Was soll dieses unsinnige Gerede?«

Tief in ihrem Innern regte sich aber doch eine unbestimmte Angst. Sie wußte nur allzu gut, daß Martin von Dingen Kenntnis hatte, die sie alle ins Verderben stürzen konnten. Sie bot ihm jedoch die Stirn. Um seinen Mund spielte wieder dasselbe spöttische Lächeln, das die damals auf dem Wege nach Sodbury so in Unruhe versetzt hatte.

»So, meine verehrte Dame, Ihr scheint es doch nicht so eilig zu haben! Da ist zunächst mal, wenn ich nicht irre, die Sache mit dem Hausierer Hubert, der mit rosa Schleifen und anderen Dingen handelt. Er war auf Fairlawn und traf mit Fräulein Anne im Rosengarten zusammen. Er war im Lissonwald, als das gnädige Fräulein dort vorbeikam – rein zufällig natürlich! Überhaupt habt Ihr gar nichts gewußt, Euer Gewissen ist engelrein! Dann war da wohl noch eine andere Sache, mit einem verruchten Burschen, einem üblen Ketzer, mit dem Fräulein Anne unter dem Schutz des allgemeinen Durcheinanders eine heimliche Unterredung hatte. Aber was noch schlimmer ist, das ist die Sache mit einem Bruder, der in dieselbe finstere Ketzerei verstrickt ist, die den anderen in den Fußblock brachte und sie beide auf den Scheiterhaufen bringen kann. Was sagt Ihr nun?«

Solange Martin von Hubert und ihrer eigenen Rolle in der Sache sprach, hatte sie verhältnismäßig ruhig zugehört; denn sie war überzeugt, daß er nicht genug davon wußte, um sie in Schwierigkeiten zu bringen. Als er aber von Walter anfing, stiegen doch dunkle Schatten hoch. Sie wußte ja nicht, wie tief er in die Ketzerei verstrickt war, deren die Studenten in Oxford beschuldigt wurden.

Martin, der sie aufmerksam beobachtete, bemerkte, daß sie unsicher wurde. Da schaltete er auf einen freundlicheren Ton um.

»Mich brauchst du nicht zu fürchten, Anne, dein Feind ist Bruder Antonius. Ich weiß nicht, wodurch du ihn beleidigt hast. Aber er hat Dinge über Walter ausspioniert, die Schimpf und Schande, ja sogar den Ruin über die ganze Familie bringen können. Ich will nichts über deine eigenen Verfehlungen sagen, in die du vielleicht nur wegen deiner Bekanntschaft mit Cäcilie Hallett hineingeschliddert bist und aus Lust am Abenteuer, die dir ja schon bei unseren Kinderstreichen eigen war. Auch läßt dir Pater Matthias, der sich ja selber als unwürdiger Hirt erwiesen hat, zuviel Freiheit. Aber ich will mit Bruder Antonius sprechen, und wenn du ihm beichtest und die Buße auf dich nimmst, die er dir auferlegt, wird er dir Absolution erteilen.«

»Halt, Martin!« unterbrach ihn Anne. »Ich brauche keine Absolution von Bruder Antonius, denn mein Beichtvater und geistlicher Ratgeber ist Pater Matthias. Wenn er überdies unser Feind ist – warum soll ich ihm beichten? Warum ist er überhaupt unser Feind?«

»Das kann ich dir nicht sagen. Ich weiß nur, daß er Beweise gegen Walter hat und daß er nach London gegangen ist, wo dein Bruder sich ja auch aufhält. Erkennst du die Gefahr nicht, Anne? Walter, der in die Umtriebe der Oxforder Studenten verwickelt ist, reist nach London, um Cäcilie Hallett zu suchen, also die Enkelin eines notorischen Ketzers. Er hat sich selbst die Schlinge um den Hals gelegt, und Bruder Antonius wird sie zuziehen – es sei denn, ich halte ihn zurück. Er ist unserer Familie tief verpflichtet, weil wir ihm vor Jahren aus einer sehr unangenehmen Lage geholfen haben. Uns zuliebe würde er ihn in Ruhe lassen. Aber mein Vater ist ein sehr eifriger Diener der Kirche, und er wird bestimmt keine Hand rühren, um einem Ketzer zu helfen, der nicht zu seiner Familie gehört. Wenn du mich heiratest, Anne, wird mein Vater und werde ich alles tun, was wir können, um dich und deinen Bruder vor den Folgen eurer Torheit zu retten. Ich gebe dir eine Woche Bedenkzeit. Vielleicht kommt inzwischen eine Nachricht aus London, die dir deine Entscheidung erleichtert. Aber das sage ich dir hiermit noch einmal: du wirst mir gehören – oder keinem! Leb wohl.«

Er verschwand zwischen den Bäumen und ließ Anne in einem Zustand innerer Zerrissenheit, in dem Angst und Zorn einander jagten, zurück. Sie fühlte, wie ihr die Knie zitterten, und setzte sich auf den Baumstamm, um ihre innere Ruhe wiederzufinden.

Während sie so über ihre unsichere Lage, Bruder Antonius' Feindschaft, Walters Beteiligung an ketzerischen Umtrieben, Martins unbeugsame Entschlossenheit, sie zu heiraten, und über das ihrer ganzen Familie drohende Verhängnis nachdachte, stiegen vor ihrem geistigen Auge ganz deutlich zwei Bilder auf. Sie sah Richard, wie er sie beim Abschied mit einem Blick so voll Zärtlichkeit umfing. Sie sah aber auch ein Bild, das sie vor längerer Zeit in einem alten Meßbuch von Pater Matthias mit heimlichem Grausen betrachtet hatte: einen hohen Scheiterhaufen, darauf an einen Pfahl gekettet einen Mann, an dem gierige Flammen züngelten, während über ihm grinsende Teufelsfratzen darauf warteten, sich auf seine Seele zu stürzen. Und die Gesichtszüge des armen Todgeweihten nahmen ganz deutlich die ihres geliebten Bruders an. Sie preßte verzweifelt die Hände vor die Augen, aber in der Dunkelheit leuchteten die gierigen Flammen nur um so heller.

Mit Schaudern kam ihr die schreckliche Entscheidung zum Bewußtsein, vor die sie gestellt war. Obwohl sie sich keine genaue Rechenschaft darüber ablegen konnte, wußte sie mit Bestimmtheit, daß Richard sie liebte, genauso innig wie sie ihn, und daß er eines Tages zurückkommen und um ihre Hand anhalten würde. Aber sie unterschätzte auch Martins verzweifelte Entschlossenheit nicht. Weder seine Versprechungen noch seine Drohungen waren müßiges Gerede. Wenn sie ihn heiratete, würde er sein Wort halten und Bruder Antonius und seine Meute zurückrufen. Wies sie ihn aber um Richards willen ab, würde er sich mit Sicherheit an ihr rächen und Walter seinem Schicksal überlassen, vielleicht sich sogar an seiner Verfolgung beteiligen. Unter diesen Umständen mußte ihr Richard für immer versagt bleiben, denn wie hätte sie jemals Glück und Frieden in einer Ehe mit ihm finden können, wenn sie ihr den Bruder hätte zum Opfer bringen müssen?

Wäre nur Walter hier gewesen, damit sie ihn hätte fragen können, ob er wirklich so gefährdet sei, wie Martin behauptete! Hätte ihr nur irgend jemand einen Rat geben können! Allmählich wurde sie jedoch ruhiger, und ihr gesunder Optimismus gewann die Oberhand. Sie hatte ja mit der Antwort noch eine ganze Woche Zeit! Vielleicht war bis dahin Walter zurück, oder Richard kam gar von Sodbury herübergeritten! Einer der beiden würde ihr bestimmt helfen können, warum sich also jetzt schon so viel Sorge machen?

Als sie mit ihren Betrachtungen so weit gediehen war, fiel ihr plötzlich ein, daß sie jetzt schon sehr lange von den anderen fort war und daß man wohl Bemerkungen über ihr langes Ausbleiben machen würde. Die Sonne stand bereits hoch am Himmel, und inzwischen hatten wohl auch die Lustbarkeiten im Dorf begonnen. So machte sie sich denn auf den Weg.

Von fern scholl ihr fröhliches Lachen und Musik von Flöten und Geigen entgegen, und von Zeit zu Zeit auch das Gebrüll von Rindern. Hieran erkannte sie, daß die Vorbereitungen jetzt ihren Höhepunkt erreicht hatten und der Maibaum auf seinem Triumphzug auf dem Dorfanger angekommen war. Bald trat sie aus dem Schatten des Waldes ins helle Sonnenlicht. Ein weiter, sanft abfallender Wiesenhang zog sich bis zum Fluß hinunter, der die Grenze der zu Fairlawn gehörenden Besitzungen bildete, und am jenseitigen Ufer sah sie Raven Abbas vor sich liegen. Der grüne Dorfanger bot ein reivolles Gewimmel in allen Farben des Regenbogens. Einzeln, zu Paaren oder in kleinen Gruppen belebten die Bewohner in bunter Festkleidung den Platz, und durch ihre Reihen bewegte sich langsam zur Mitte hin der mit leuchtenden Bändern und bunten Blumen geschmückte riesige Maibaum, an jeder Seite von einem Dutzend Ochsen mit blumenumwundenen Hörnern an Stricken gezogen. Anne beobachtete das fröhliche Gedränge genau, aber sie erblickte Martin nicht in der Menge. Auf dem Feldweg näherte sich jedoch ein einsamer Reiter, in dem sie ihren Vater erkannte. Er ritt über die Brücke ins Dorf und auf die Festwiese zu.

Plötzlich entstand in der Nähe des Maibaumes eine kleine Rauferei. Eine Frau kreischte schrill auf und erschreckte die an sich schon unruhigen Ochsen, die nun auszubrechen versuchten. Die Umstehenden sprangen entsetzt zur Seite und liefen nach allen Richtungen davon. Anne sah, wie ihr Vater auf die erregten Tiere zuritt, wohl um sie zum Fluß hin abzudrängen, wo sie am wenigsten Schaden anrichten konnten. Hierbei machte sein Pferd, von einem der Tiere mit wütendem Gebrüll angegangen, unvermittelt einen so heftigen Sprung zur Seite, daß der Reiter abgeworfen wurde. Er kam genau vor die anstürmenden Tiere zu liegen, und im nächsten Augenblick gingen ihre fliegenden Hufe und der riesige Baum über ihn hinweg. Am Flußufer, das ihrem Lauf Halt gebot, blieben sie endlich keuchend und schnaubend stehen.

Sir William lag regungslos. Anne warf ihren Korb fort, raffte ihr Kleid und lief den Hang hinunter. Als sie ankam, hoben ihn einige Männer bereits auf eine behelfsmäßige Tragbahre.

»Schmied, ist er tot?« schrie sie und drängte sich durch die Umstehenden.

»Nein, Fräulein Anne, nicht tot, Gott sei Dank, aber schwer verletzt, fürchte ich. Vorsichtig, Leute, ganz behutsam tragen! Du, Edmund, läufst voraus und sagst Fräulein Selby, was passiert ist, damit sie schon Vorbereitungen treffen kann. Und du, Jack, läufst zu Pater Matthias!«

Der Pater kam, aber er konnte nichts weiter tun als die Männer noch einmal ermahnen, den Verletzten so vorsichtig wie nur möglich zu tragen. Anne ging nebenher, eine Hand auf der jetzt so schlaffen und leblosen ihres Vaters.

Als sie die Brücke erreicht hatten, stockte der Zug plötzlich, und als Anne von dem bleichen Antlitz des Vaters aufsah, blickte sie in die unbewegten dunklen Augen Martins, und ein Zittern überlief sie.

»Anne!« rief er, und diesmal lag kein spöttischer oder drohender Unterton in seiner Stimme. »Das ist ein schrecklicher Schlag für Euch. Kann ich Euch helfen?«

Anne erwiderte seinen Blick kühl. »Ich danke Euch, Herr Strange, aber meine guten Freunde hier tun bereits alles, was getan werden kann.«

Mit gemessenem Gruß wandte sie sich ab, und der Zug setzte sich wieder in Bewegung. Martin lenkte sein Pferd beiseite, um sie vorbeizulassen, und sah mit unheildrohendem Blick lange hinter Anne her, die es gewagt hat, seine Hilfe so eisig abzulehnen.

11.

Wie langsam die Tage dahinschlichen! Anne hielt abwechselnd mit ihrer Tante die Krankenwache in dem verdunkelten Schlafzimmer und lauschte den schweren, röchelnden Atemzügen ihres Vaters. Alle im Hause gingen auf den Zehenspitzen, sprachen nur im Flüsterton und ließen beim Gebet für seine Genesung Perlen des Rosenkranzes durch zitternde Finger gleiten. Pater Matthias verließ das Krankenlager nur, um kühlende Verbände und schmerzstillende Salben für die zerschundenen Gliedmaßen zu bereiten. Aber den inneren Verletzungen konnte er nicht beikommen, und es sah hoffnungslos aus um den Kranken.

Ein Eilbote war nach London geschickt worden, um Walter auf schnellstem Wege heimzuholen, denn niemand auf Fairlawn konnte ahnen, welch schreckliche Wendung sein Schicksal inzwischen genommen hatte.

Am vierten Tage nach dem Unfall saßen Anne und ihre Tante gemeinsam im Krankenzimmer. Der Pater stand neben dem Bett; in der Hand hielt er ein Kruzifix, und seine Lippen bewegten sich in stillem Gebet. Plötzlich öffnete Sir William die Augen, und sein Blick war nicht fiebrig und verschleiert, sondern ruhig und klar.

»Anne!« rief er mit schwacher, aber vernehmlicher Stimme, und als sie sich liebevoll über ihn beugte, fragte er mit leisem Lächeln: »Ist Walter hier?«

Anne schüttelte traurig den Kopf, und sie versuchte standhaft, einige Tränen zu unterdrücken. »Nein, lieber Vater, aber er wird bald hier sein.«

Der Kranke wandte den Kopf ein wenig, so daß er Pater Matthias ansehen konnte. »Walter ist ein guter Sohn«, murmelte er. »Er wird kommen. Aber wenn es zu spät sein sollte, müßt Ihr Euch bis dahin meiner Tochter annehmen. Martins Vater wird alles Erforderliche für meine Beerdigung regeln, und Ihr sorgt für die Messen und Gebete, für die ich auch schon Vorsorge getroffen habe.«

Er bewegte schwach seine Hand auf der Decke, und Anne, deren Augen sich bei diesen Worten des Sterbenden mit Tränen füllten, legte die ihre hinein.

»Wo ist Katherine?« fragte er. Und als sie ans Bett trat, flüsterte er: »Du bist immer lieb und gut zu uns gewesen. Du warst meinen Kindern eine rechte Mutter, und du wirst sehen, daß ich nicht undankbar bin. Wir alle stehen tief in deiner Schuld.«

Er schloß die Augen und schien einzuschlafen, aber nach einigen Minuten öffnete er sie wieder und blickte seine Tochter an.

»Martin Strange ist ein guter Junge. Er wäre der passende Mann für dich, Anne. Ja, er wäre deiner Hand würdig. Ich will noch heute mit ihm sprechen.«

Seine Augen schlossen sich wieder, der Kopf sank leicht ins Kissen, und der Griff seiner Finger um Annes Hand wurde langsam schwächer. Pater Matthias fiel auf die Knie, und in die Stille hinein sprach er ein Gebet, das die entfliehende Seele auf ihrem Weg ins Jenseits begleitete. Dann knieten auch Anne und die Schwägerin des Entschlafenen nieder und weinten bitterlich, als es ihnen zum Bewußtsein kam, daß er für immer von ihnen gegangen war – er, der allzeit frohe und liebevolle Mann, unter dessen sorgender Hand sie vor Not und Unsicherheit bewahrt geblieben waren.

Von Schmerz betäubt, ließ Anne sich willenlos in ihr Zimmer führen. Dort versuchte die Tante, sie zu trösten, so gut sie konnte, und bewog sie, sich schlafen zu legen, um sich von den anstrengenden Nachtwachen auszuruhen. Der Schmerz und die Tränen ließen sie zuerst keine Ruhe finden, aber dann siegte doch die Natur, und sie schlief so fest ein, daß sie erst am Abend aufwachte, als Tante Katherine ins Zimmer kam. Erst langsam fand sie wieder in die Wirklichkeit und in die Erinnerung an all das Schreckliche, das sich in den letzten Tagen ereignet hatte, zurück.

»Liebe Anne«, sagte die Tante mit zärtlicher, aber fester Stimme, »du mußt jetzt vor allem etwas essen. Es ist noch viel zu tun, und wir müssen unseren Schmerz bezwingen. Walter ist noch immer nicht hier. Du mußt vorläufig seinen Platz einnehmen, und du mußt mir auch in Küche und Keller helfen. Ich habe dir einen Becher Wein und eine kräftigende Suppe mitgebracht. Setz dich auf, und iß und trink.«

Anne richtete sich langsam auf, löffelte die Suppe und trank den Wein. Dann zog sie die Knie an, stützte die Arme darauf und den Kopf in die Hände. Die Erinnerung an Martins Ultimatum überkam sie und wurde noch überschattet durch den Tod ihres Vaters.

»Oh, was soll ich nur tun!« entfuhr es ihr unwillkürlich. Fräulein Selby setzte sich zu ihr aufs Bett.

»Was hast du denn, Kind?« fragte sie teilnehmend. »Das scheint mir mehr zu sein als nur der Schmerz um den Vater. Du hast noch einen anderen Kummer. Willst du dich nicht erleichtern und mir sagen, was dich bedrückt?«

Jetzt ließ sie den Tränen, die sie bisher mühsam zurückgehalten hatte, freien Lauf, und in einem Gefühl der Erleichterung erzählte sie der Tante alles: von Huberts Besuch in der Rosenlaube und ihrem Blick auf seine Bibel bis zum Maienfest und der grausamen Wahl, vor die Martin sie gestellt hatte. Als sie geendet hatte, fragte sie noch einmal verzweifelt:

»Was soll ich tun? Ich weiß, daß ich Richard liebe, und ich glaube fest, daß er mich liebt. Aber wir können unserem Glück nicht meinen Bruder zum Opfer bringen. Dann muß ich Martin heiraten, obwohl ich ihn nicht liebe. Ja, ich muß ihn eines Tages vielleicht hassen. Und warum, ja warum verfolgt Bruder Antonius meinen Bruder mit solchem Haß? Was haben wir ihm getan, daß er ihn vernichten möchte?«

Es kam Anne wie eine Ewigkeit vor, bis die Tante antwortete.

»Ja, Anne, ich sehe, daß ich dir jetzt ein Geheimnis enthüllen muß, das ich eigentlich für mich behalten wollte.« Sie zog das junge Mädchen dicht an sich und schlang ihren Arm um sie, so daß Annes Kopf an ihrer Schulter ruhte.

»Es fing an, als deine Mutter und ich noch junge Mädchen waren. Deine Mutter war schon damals wegen ihrer Schönheit und ihres Liebreizes sehr begehrt, und viele junge Leute bewarben sich um ihre Gunst. Unter ihnen war einer, der ihrer wohl kaum würdig war – der Sohn des Gastwirts im Dorf. Er war ein gerissener Bursche mit spitzer Zunge und bissigem Wesen und deshalb bei seinen Kameraden wenig beliebt. Sein Vater hatte vor, ihn Geistlicher werden zu lassen, aber er war damals zu Hause boshaft und faul.

Mit dreizehn oder vierzehn Jahren wurde deine Mutter einmal zur Maikönigin gewählt. Als sie gekrönt wurde, umdrängten die jungen Buschen sie, um ihr zu huldigen, und als sie vom Thron herabstieg, sprang unser Wirtssohn unversehens vor und raubte ihr einen Kuß. Deine Mutter, nicht faul, gab ihm eine schallende Ohrfeige, und alle ihre jungen Ritter fielen über ihn her und richteten ihn übel zu. Dein Großvater hatte daraufhin eine Unterredung mit dem Wirt; der schickte dann seinen Sohn nach London zu den Dominikanern, und schon bald wurde erzählt, daß er gute Fortschritte mache und bei seinen Vorgesetzten hoch in Gunst stehe. Dann hörten wir einige Jahre nichts mehr von ihm.

Als deine Mutter und ich herangewachsen waren, bestand ein wunderschönes Vertrauensverhältnis zwischen uns und unserem Vater. So hörten wir von ihm zum erstenmal von Wiclif und seiner Bibel, in deren Geist er erzogen worden war und die er sehr verehrte. Aber er hatte unserer Mutter versprechen müssen, uns erst davon zu erzählen, wenn wir in die vernünftigen Jahre kämen, also mit siebzehn oder achtzehn. Aber dann erzählte er uns oft davon, und manches Mal trug er uns seine Lieblingsstellen aus der Bibel vor, die Wiclif schon viele Jahre vor Tyndale in unsere Muttersprache übertragen hatte. Aber das Buch selber sahen wir nie. Es wurde in einem sicheren Versteck aufbewahrt.

Er hielt es nicht mit denen, die in Wiclifs Lehren eine Rechtfertigung für Gewalt und Aufruhr zu finden glaubten; er war aber mit seinen Freunden überzeugt, daß keine Satzung göttlichen Ursprungs sein kann, die nicht auf der Heiligen Schrift beruht, und daß selbst der geringste Christenmensch deren wahren und tiefen

Sinn erfassen kann, denn die geistig Armen wird Gott selber durch Seinen Geist erleuchten. Er war überzeugt, daß Wohlleben und Luxus die Kirche ihrer ursprünglichen Reinheit und Lauterkeit beraubt hatten, aber er hoffte, daß sie aus sich selber die Kraft zur Umkehr finden würde.

So standen die Dinge bis wenige Monate vor seinem Tod. Deine Eltern hatten geheiratet und wohnten damals in London, aber ich war noch zu Hause. Da erhielt dein Großvater eines Tages eine Vorladung vor Gericht, wo er sich wegen Ketzerei verantworten sollte, und zur selben Zeit wurde deine Mutter von einem fremden Priester belästigt, der angeblich in höherem Auftrag in ihr Haus kam und überall herumschnüffelte und -spionierte. Dein Vater, der ein friedfertiger Mann und getreuer Anhänger der Kirche war, fühlte sich gekränkt und war tief unglücklich. Er wußte kaum etwas von deines Großvaters Ansichten, denn nicht deine Mutter, sondern nur ich teilte sie mit ihm, und dein Vater hatte keine Ahnung, daß uns eine Gefahr drohen könnte.

Gerade in jenen Tagen erhielt er einen Brief von einem Jugendfreund, der in eine hohe kirchliche Stellung aufgerückt und Abt des Londoner Dominikanerklosters geworden war. Er teilte ihm mit, ihm sei zu Ohren gekommen, daß einer seiner jungen Ordensbrüder einem schweren Fall von Ketzerei auf die Spur gekommen sei und sich in seinem Glaubenseifer eigenmächtig an deren Verfolgung gemacht habe. Nun habe er, der Schreiber, festgestellt, daß es sich um den Schwiegervater seines lieben Jugendfreundes handle und daß auch dessen Frau noch mit in die Sache hineingezogen werden könne. Er rate ihm daher, mit seiner Frau London möglichst bald zu verlassen, wohingegen er ihm verspreche, den jungen Eiferer zurückzupfeifen. Dein Vater nahm die unerwartete Hilfe dankbar an. Er brachte deine Mutter nach Fairlawn zurück und riet seinem Schwiegervater dringend, alles zu vermeiden, was ihn in den Verdacht der Ketzerei bringen könne.

Das weitere weißt du. Dein Großvater starb bald darauf, und deine Mutter einige Jahre später. Die ganze Angelegenheit verlief im Sande, und dein Vater holte mich nach Fairlawn, damit ich für die mutterlos gewordenen Kinder sorge. Aber ich wußte genau, wer der junge Fanatiker war. Ich wußte, daß er die Ohrfeige mit einer Anklage wegen Ketzerei rächen wollte, und als Bruder Antonius zum ersten Mal nach Fairlawn kam, war mir klar, daß der Sohn des Gastwirts noch von dem alten Groll erfüllt war und wie die Katze vor dem Mauseloch warten würde, bis sich der Augenblick der Rache fände. Ich hatte angenommen, er würde dir auflauern, aber er scheint es auf Walter abgesehen zu haben. Martin Strange muß ja wohl großen Einfluß auf ihn haben, wenn er sich zutraut, ihn ein zweites Mal von seiner Beute ablenken zu können.«

Als Katherine Selby geendet hatte, saß sie noch eine Zeitlang in Gedanken versunken da, und Anne wollte sie in ihren Betrachtungen nicht stören. Aber schließlich brach sie doch das Schweigen.

»Aber Tante, warum hast du meinen Vater nicht gewarnt? Wenn du Bruder Antonius wiedererkanntest und Angst vor ihm hattest, hätte ihm mein Vater doch das Haus verboten!«

»Vielleicht hätte ich es tun sollen. Aber du kennst das Sprichwort ›Was ich nicht weiß, macht mich nicht heiß‹. – Was ich dir jetzt erzählt habe, ist eine alte Geschichte, und ich wollte sie eigentlich nicht wieder aufrühren, denn ich wußte, daß das deinem Vater nicht recht gewesen wäre. Ich hatte ja auch keine Veranlassung anzunehmen, daß du und Walter auf Wegen wandeln würdet, die auch in seine Klauen führen. Wenn ich von deinem Umgang mit Hubert oder von Walters Bibellesen gewußt hätte – aber ich hätte euch vielleicht doch nicht helfen können. Wer weiß.«

Anne setzte sich auf und ordnete ihr Haar. »Es hat keinen Zweck, über Vergangenes zu grübeln«, sagte sie mit fester Stimme. »Wir müssen an die Zukunft denken. Jetzt, wo mein Vater tot ist –«

»Jetzt bist du ohne Beschützer«, beendete Tante Katherine den angefangenen Satz. »Sicher, bald wird Walter hier sein, aber morgen früh müssen wir mit Pater Matthias beratschlagen, wie du am besten aus deiner schwierigen Lage herauskommst. Er ist ein kluger Mann und hat viel Mitgefühl mit denen, die die Kirche erneuern und das Wort Gottes den einfachen Leuten in ihrer Muttersprache bringen wollen. Wir werden ihm die ganze Geschichte erzählen. Und jetzt müssen wir versuchen, ein bißchen zu schlafen.«

Sie küßte Anne zärtlich, deckte sie wieder liebevoll zu und verließ das Zimmer.

12.

Am nächsten Morgen erschien Pater Matthias schon auf Fairlawn, bevor ein Bote an ihn geschickt worden war. Er sah müde und besorgt aus und verlangte, sofort Fräulein Katherine und Anne unter vier Augen zu sprechen. Eingedenk der alten Wahrheit, daß Wände Ohren haben können, gingen sie ins Freie, zuerst auf die Terrasse und dann in den Rosengarten, wo sie sich in dieselbe Laube setzten, in der Anne zum erstenmal mit Hubert gesprochen hatte. Sie hatten kaum Platz genommen, als Pater Matthias zu sprechen begann.

»Ich bin dahintergekommen, daß Anne hier Gefahr droht. Aber bevor ich davon erzähle, muß ich dich etwas fragen, Anne. Wie steht du zu Martin Strange? Und weißt du etwas von einem Komplott gegen deinen Bruder? Daß man ihn daran hindern will, nach Fairlawn zurückzukommen?«

Die beiden Frauen sahen sich erstaunt an, als der Priester die Unterhaltung mit genau den gleichen Fragen begann, über die sie mit ihm hatten sprechen wollen. Er hörte sich aufmerksam Annes ausführlichen Bericht an, ohne sie zu unterbrechen, und als sie geendet hatte, nickte er verständnisvoll, als sei ihm jetzt etwas Unerklärliches klar geworden.

»Nun will ich dir meine Geschichte erzählen. Gestern abend wurde ich zu Sir John Strange gerufen. Er, ich und dein Bruder haben den letzten Willen deines Vaters zu vollstrecken, und da Walter noch nicht hier ist, wollte er mit mir einige Dinge besprechen. Zu meiner Überraschung war auch Martin im Zimmer. Er versuchte, seinem Vater eindringlich klarzumachen, wie unmöglich es sei, daß du, Anne, ohne männlichen Schutz hier in Fairlawn wohnen bleiben könntest. Sir John wies ruhig darauf hin, daß du ja unter der Obhut deiner Tante ständest und daß auch treue und zuverlässige Diener im Hause seien; im übrigen sähe er keinen Grund, dich für irgendwie gefährdet zu halten. Martin schien jedoch nicht überzeugt und bedrängte seinen Vater, dich in sein Haus zu holen, wenigstens für so lange, bis Walter zurückkäme. Er sprach so leidenschaftlich und respektlos, daß der Vater böse wurde und ihm zu schweigen gebot. Worauf dann Martin ärgerlich das Zimmer verließ.

Sir John und ich hatten ziemlich lange zu tun. Dann tranken wir noch ein Glas Wein zusammen, und als ich aufbrach, war Mitternacht vorbei. Es war ziemlich dunkel. Mein Weg führte durch den Park, und von Zeit zu Zeit mußte ich stehenbleiben, um mich zu orientieren.

In einer solchen Pause war ich erstaunt, plötzlich Stimmen ganz in meiner Nähe zu vernehmen. In der einen erkannte ich die Martins, denn er sprach laut und noch immer verärgert. Der andere sprach leise, und ich konnte ihn nicht verstehen. Aus Martins Worten entnahm ich folgendes: Bruder Antonius hält Walter in London zurück. Martin sprach aber auch von Pferden, die schon besorgt seien, und von einem Priester, der bereit sei, die Trauung vorzunehmen. Und zwar gleich nach der Beerdigung.

Dann gingen beide weiter, und ich eilte nach Hause. Jetzt bin ich hier, um dich zu warnen, und wir müssen überlegen, was wir tun sollen.«

Aber sie kamen zu keinem rechten Ergebnis. Fräulein Selby entschuldigte sich mit Hausfrauenpflichten und riet Pater Matthias, nicht zu lange zu verweilen, damit kein Verdacht entstehe. »Nach dem Begräbnis wollen wir weiter überlegen. Bis dahin müssen wir tun, als wenn wir von nichts wüßten, und ich bin sicher, daß wir einen Ausweg finden werden, bevor Gefahr naht.«

Als beide fort waren, saß Anne noch lange in der Laube und zerbrach sich den Kopf, was sie machen solle. Offensichtlich fürchtete Martin, seine Drohung, Walter zu vernichten, könnte fehlschlagen, und sie, Anne, würde jetzt, wo durch den Tod ihres Vaters die Entscheidung ihr allein überlassen sei, noch weniger geneigt sein, ihn zu heiraten. Er wollte sie also mit Gewalt erringen. Sie fragte sich verwundert, wo er sie dann wohl verbergen wolle. Aber auf jeden Fall hatte er schon einen Priester bestochen, sie trotz ihrer Weigerung zu trauen. Bei dem Gedanken an den verwegenen und ruchlosen Plan erfüllte sie ehrlicher Zorn auf Martin, und sie hörte sich laut sagen: »Jetzt werde ich ihn gerade nicht heiraten. Niemals!«

Da murmelte plötzlich dicht neben ihr eine tiefe Stimme ihren Namen. Sie sprang erschrocken auf und fürchtete im ersten Augenblick, Martin nutze ihr Alleinsein aus, um seinen Plan jetzt schon auszuführen. Mit einem Seufzer der Erleichterung erkannte sie aber Peter Dunkley.

»Oh, Peter«, rief sie, »wie hast du mich erschreckt! Ich war in einer solchen Unruhe, und nun kommst du gerade zur rechten Zeit!«

»Ich habe so meine eigenen Wege, auf denen ich Neues erfahre, Fräulein Anne. Ich nahm an, daß Ihr mich jetzt gerade brauchen könnt.«

Schnell erzählte sie ihm von Martins Komplott, von ihrer Angst um Walters Schicksal und von der Ausweglosigkeit ihrer Lage. Als sie schwieg, blickte Peter nachdenklich auf sie herunter.

»Nun, Fräulein Anne, wenn Euer Bruder Walter, Euer natürlicher Beschützer, nicht zu Euch kommen kann, dann müßt Ihr eben zu ihm gehen«, sagte er mit einem tiefen, verbissenen Lachen.

»Ja, da hast du recht!« stimmte sie eifrig bei. Dann, nach kurzem Besinnen, fügte sie kleinlaut hinzu: »Aber wie?«

»Wenn Ihr Euch mir anvertrauen wolltet, Fräulein – ich bringe Euch nach London zu Martin Carver. Dort seit Ihr geborgen, und Ihr könnt an Ort und Stelle herausfinden, was mit Eurem Bruder ist. Aber es wird eine beschwerliche Reise über Berg und Tal auf abgelegenen Wegen werden. Wenn Ihr die Mühen scheut oder Angst habt, Euch mir anzuvertrauen, dann sagt es gleich!«

»O nein, Peter, nein! Ich habe keine Angst und fürchte auch die

Mühsal nicht. Wie führen wir die Reise denn aus?«

»Ihr müßt hinter mir sitzen, denn wir können es nicht wagen, eins von den Pferden Eures Vaters zu nehmen. Für nachts habe ich schon gute Quartiere bei Freunden meines Herrn besorgt. Wir müssen noch heute abend aufbrechen, wenn Ihr kein Risiko eingehen wollt. Morgen ist es vielleicht schon zu spät.«

Er gab ihr dann genaue Anweisungen, wann und wie sie das Haus verlassen sollte, und die waren so klar, knapp und durchdacht, daß sie gleich fühlte: es war alles schon von langer Hand vorbereitet im Hinblick auf den Notfall. Als alles abgemacht war, ging sie ins Haus, und ihr Mitverschworener verschwand heimlich.

Es schien Anne, als müßten die Stunden bis zum Abend unerträglich langsam dahinschleichen, aber statt dessen verging der Tag sehr schnell. Tante Katherine, die wußte, daß Arbeit das beste Gegengift gegen Kummer ist, sorgte dafür, daß Anne den ganzen Tag beschäftigt war. Sie hatte keinen ruhigen Augenblick bei all den häuslichen Vorbereitungen für den Empfang und die Bewirtung der Trauergäste, so daß sie gar nicht dazu kam, über ihren verzweifelten Schritt nachzudenken. Sie bewegte sich wie im Traum, und alle, die sie sahen, führten ihren abwesenden Blick auf Trauer und Leid zurück und bemitleideten sie schweigend.

Erst am Abend war sie mit ihrer Tante allein im Wohnzimmer, und wie in innerem Einverständnis gingen beide zu dem großen Fenster und schauten hinaus in die Felder, über denen die Dunkelheit hereinzubrechen begann. Am Himmel hingen schwere Wolken, und der Wind strich klagend durch die Ulmen.

»Es wird diese Nacht Regen geben«, sagte Anne und fühlte, wie sie leise erschauerte. Tante Katherine legte ihr schützend den Arm um die Schultern.

»Du bist müde und abgearbeitet, Kind«, stellte sie fest, »aber du hast doch keine Angst, nicht wahr? Wir werden dich gut bewachen, und denk daran, daß du in Gottes Hand bist. Ich habe mir überlegt, wie wir dich am besten in Sicherheit bringen. Morgen wird ein Vetter deines Vaters mit seiner Frau kommen. Wir werden sie bitten, dich mitzunehmen, wenn sie wieder fortfahren; ihr Haus wird eine sichere Zuflucht für dich sein. Es sei denn, daß Walter inzwischen kommt. Sonst müssen wir einen Boten zu Herrn Carver schicken, der uns Nachricht über ihn bringt. Ich kann mir nicht denken, daß ihm etwas zugestoßen ist. Herr Carver würde es auf keinen Fall zulassen, daß seinem Gast Unheil widerfährt. Walter ist also in guter Hut, und jetzt müssen wir für deine Sicherheit sorgen. Du bleibst morgen am besten in deinem Zimmer, bis der Besuch kommt. Alle werden es verständlich finden, daß du nach der vielen Arbeit der letzten Tage lange schläfst. Ist es dir recht so?«

Anne stimmte sofort freudig zu, denn das würde ja dem Plan, den sie mit Peter Dunkley ausgedacht hatte, nur förderlich sein! Dann gingen sie hinauf in Annes Zimmer, wo die Tante ihr einen innigen Gutenachtkuß gab, bevor sie in ihr eigenes Zimmer hinüberging.

Die Tür hatte sich kaum hinter ihr geschlossen, als Anne aus dem Bett sprang und sich leise anzukleiden begann. Es war jetzt fast dunkel, aber im Zimmer war ihr alles so vertraut, daß sie sich lautlos bewegte. Sie zog ein dunkles Wollkleid an und verbarg ihr Haar unter einer kleinen strengen Kappe. Ein Reitmantel und kräftige Schnallenschuhe vervollständigten ihre Ausrüstung; aber die Schuhe zog sie noch nicht an, die wollte sie in der Hand behalten, bis sie aus dem Hause wäre. Aus dem hohen Schrank holte sie Wäsche und Strümpfe, dünne Schuhe und ein zweites Kleid und packte alles zu einem Bündel zusammen.

Die große Halle war voll dunkler Schatten, aber sie tastete sich an der Wand entlang bis in den rückwärtigen Teil des Hauses. Dort fand sie, wie Peter es ihr versprochen hatte, eine Tür unverriegelt. Sie öffnete sich auf einen leichten Druck ihrer Hand lautlos und schloß sich ebenso leise hinter ihr.

Nun stand sie draußen und wartete. Ein Käuzchen schrie. Da löste sich aus den Sträuchern neben der Tür eine Gestalt. Peter Dunkley nahm ihr das Bündel ab, und als er die Schuhe in ihrer Hand fühlte, hob er sie auf seine Arme und trug sie über die rauhen Steine fort bis unter die Bäume, wo im Schutz der Dunkelheit das schwarze Pferd wartete. Niemand hörte einen Laut, als sie vorsichtig durch den Obstgarten zur Landstraße hinunterritten – und niemand winkte zurück, als Anne ihre Hand zu stillem Abschiedsgruß hob.

13.

Als Peter ihr gesagt hatte, daß sie sich auf große Mühsal gefaßt machen müsse und daß ihr Ritt abseits der großen Straße durch unwegsames Gelände und über einsame, staubige Nebenwege gehen würde, hatte er nicht übertrieben. Zwar dämpfte ein feiner Nieselregen den Staub, sonst stimmte aber auch alles.

Nach kurzem Galopp auf der Landstraße bog Peter seitwärts ab, und es ging über weite weiche Rasenflächen. Wenn zuweilen der Boden fest war, konnte das Pferd einen flotten Trab vorlegen, dann wieder mußte es sich mühsam durch Moor oder einen Wasserlauf hindurcharbeiten. Mehrmals tauchten sie in den Schatten ausgedehnter Waldstücke, wo es zwischen den Bäumen nur sehr langsam vorwärtskam und bei jedem Schritt Gefahr lief, über vorspringende Wurzeln zu stolpern. Anfangs strengte Anne ihre Augen an, um den Weg, den sie nahmen, zu verfolgen, aber Müdigkeit überkam sie, und sie ließ sich im Halbschlaf dahintragen, den Kopf an Peters Schulter gelegt, zuweilen wachgerüttelt, wenn er bei einer plötzlichen Wendung des Pferdes seinen Halt verlor.

Anne war inzwischen müde und hungrig geworden. Obwohl sie ans Reiten gewöhnt war, begannen zudem nach den langen Stunden auf dem Reitkissen ihre Glieder steif zu werden und zu schmerzen, und sie sehnte sich nach einer Rast. Aber sie wußte auch, daß Peter, wenn er das Äußerste an Ausdauer von Donner und auch von ihr verlangte, einen guten Zweck damit verfolgte und am geeigneten Ort schon eine Pause einlegen würde. Gerade als sie glaubte, es nicht länger aushalten zu können, begann Peter, der bisher beharrlich geschwiegen hatte, zu sprechen.

»Aha! Seht Ihr den Turm durch die Bäume schimmern? Das ist das Kloster. Ich wette, Ihr seid glücklich, daß die Reise für heute zu Ende ist. Ein paar hundert Meter noch. Los, Donner, du bist reif für den Stall und den Hafertrog!«

Als wenn es verstanden hätte, beschleunigte das Pferd seine Schritte, und nach wenigen Minuten ritten sie durch ein offenstehendes schweres Gittertor und gelangten nach kurzem Galopp über harten Rasen vor die Pforte des Klosters. Es war ein kleines Ziegelhaus mit Schindeldach, von einer hohen Schutzmauer umgeben.

Peter sprang vom Pferd und zog an dem schweren Eisengriff neben der mit Nägeln beschlagenen Tür. Anne hörte das leise Tönen der Glocke in den hinteren Räumen; bald wurde ein vergittertes Fensterchen in der Tür aufgeschoben, und Peter sprach mit gedämpfter Stimme ein paar Worte. Dann folgte eine kleine Pause. Darauf hörte sie leises Sprechen von innen. Peter wandte sich um und kam zu ihr zurück.

»Es ist alles in Ordnung. Für diese Nacht sind wir in guten Händen.«

Er führte das Pferd durch ein mittlerweile geöffnetes Tor in den Hofraum und half Anne beim Absteigen. Aber diesmal waren ihre Beine so steif, daß sie sie kaum noch trugen und sie bei Peter Halt suchen mußte.

»Armes Mädchen! Sie ist ja halbtot von dem Ritt!« sprach eine sanfte Stimme hinter ihr. »Tragt sie ins Besuchszimmer, guter Mann, dort wollen wir uns um sie bemühen.«

Peter gehorchte. Er trug sie in ein niedriges, freundliches Zimmer und legte sie vorsichtig auf ein Ruhebett. Dann ging er hinaus, um sich nach Donner und seiner eigenen Lagerstatt umzusehen, und statt seiner erschien die Priorin, eine alte Dame mit leidzerfurchtem Gesicht, aber hellen und gütigen Augen, aus denen ein warmes Leuchten strahlte.

Sie sprachen zunächst von dem beschwerlichen Ritt, von den

schlechten Wegen und den Gefahren, die den Reisenden von umherschweifenden Bettlerbanden, handfesten Burschen, drohten, die Stadt und Land in Unruhe versetzten. Sie saßen an einem kleinen, bleigefaßten Fenster, durch das sie in den Klostergarten sehen konnten. Zuweilen kreuzte eine Nonne in weißen Gewändern ihren Blick, die Abendsonne schien freundlich ins Zimmer, eine verspätete Biene summte leise, und alles war so friedlich, daß es ihnen vorkam, als sei es ein anderes, fernes Land, von dem sie sich unterhielten.

In einer Gesprächspause sagte Anne unvermittelt:

»Darf ich Euch etwas fragen, ehrwürdige Mutter?« Und als ein aufmunternder Blick, von zustimmendem Kopfnicken begleitet, sie traf, stellte sie mutig die Frage, die ihr schon so lange auf der Seele brannte.

»Warum dürfen wir die Bibel nicht in unserer Muttersprache lesen? Wir wohnen in der Nähe von Bristol, wo Tyndale lebte, der sie ins Englische übersetzt hat. Ich höre hier und da von seinem Buch, aber immer spricht man nur im geheimen davon wie von einer verbotenen Sache. Aber wer es besitzt, möchte es nicht für alles in der Welt herausgeben. Warum ist das so?«

Die Priorin zögerte mit der Antwort. Dann aber entschloß sie sich, mit dem jungen Mädchen offen zu reden.

»Ich will dir, meine Tochter, meine eigene Geschichte erzählen«, begann sie langsam. »Sie wird dir besser als jede Erklärung zeigen, warum das Buch so kostbar – und auch, warum es verboten ist. Ich war noch nicht so alt wie du, als ich gegen meinen Willen mit einem um dreißig Jahre älteren Mann verheiratet wurde. Er war sehr wohlhabend und einflußreich. Er begehrte meine Schönheit – denn damals wurde ich als eine Schönheit angesehen –, aber es bestand keine Liebe zwischen uns. Nach fünfjähriger Ehe besuchte ich meine alte Heimat und lernte dort den Bräutigam meiner jüngeren Schwester kennen. Er war in meinem Alter, und wir fühlten uns sogleich unwiderstehlich zueinander hingezogen. Ich wußte, daß es Sünde war – Sünde gegen meinen Mann, meine Schwester und meinen Gott. Aber ich war eigensinnig und selbstsüchtig. Schließlich flohen wir miteinander, wurden aber, nicht eine Tagesreise von Hause entfernt, von meinem Mann und meinem Bruder eingeholt. Ich sah sie sich über meinen Liebhaber stürzen, sah meinen Mann zu Tode getroffen fallen, aber mit letzter Kraftanstrengung seinen Feind mit in den Tod reißend. Sie lagen nebeneinander im Gras – zwei Leben ausgelöscht als Lohn meiner sündigen Begierde. Bald folgte noch ein drittes, denn meine Schwester welkte von diesem Tag dahin und starb, noch bevor das Jahr zu Ende ging.

Wie betäubt ließ ich mich von meinem Bruder nach Hause bringen. Zu spät erkannte ich meine Untat in ihrer ganzen Schwärze, zu spät erfaßte mich bittere Reue. Dankbar nahm ich die Möglichkeit an, in ein Kloster einzutreten, denn ich hoffte, hier meine Seele von der schweren Schuld befreien zu können.

Zuerst war ich in einem Kloster in Nordengland, und dort benutzte ich jede Gelegenheit, das Fleisch zu ertöten und meine Schuld zu sühnen. Aber obwohl ich mich mit Kasteiungen und Fasten verzehrte, konnte ich die drückende Last nicht loswerden. Allmählich wurden meine Oberen meiner ewigen Selbstbezichtigungen und Klagen überdrüssig. Sie sprachen von krankhaftem Gewissen, von Überhebung und Selbstgerechtigkeit. Den jüngeren Nonnen mißfiel mein strenges Befolgen der Ordensregel.

Dann geschah es, daß in diesem kleinen Außenposten unseres Ordens die Stelle der Priorin vakant wurde. Unsere Äbtissin sah eine Möglichkeit, eine lästige Nonne loszuwerden, und so kam ich denn hierher. Aber noch immer hing der Zorn Gottes über mir, und in meiner Seele herrschte tiefe Dunkelheit.

Nach ungefähr zwei Jahren besuchte ein neuer Priester unser Haus, und auch ihm bekannte ich meine Schuld. Er sagte damals wenig, aber bei seinem nächsten Besuch gab er mir ein kleines Buch und bat mich, es zu lesen. In ihm würde ich den Weg zur Buße und zur Gewißheit der Vergebung meiner Sünde finden.

Du kannst dir schon denken, daß es ein Exemplar der englischen Bibel war. Ich las sie mit eifrigem Verlangen und fand in ihr alles, was er versprochen hatte. Ich fand Worte wie: ›Ihr sind viele Sünden vergeben, denn sie hat viel geliebt‹ – also nicht durch Fasten und Kasteiung. Ich fand, daß Er es ist, ›welcher unsere Sünden selbst hinaufgetragen hat an seinem Leibe auf das Holz‹, und ich fand die wundervollen Worte: ›So verdamme ich dich auch nicht. Gehe hin und sündige hinfort nicht mehr!‹

Wie kann ich dir nur meine Freude, meine Erleichterung und meine leidenschaftliche Erregung schildern, als ich diese Worte fand? Nicht also mein eitles Bemühen, nicht die Geldopfer an die Priester und den Papst, sondern die Gnade Gottes selbst würde mich freimachen!«

Sie schwieg einen Augenblick, und Anne sah, daß ihre Augen wie im Gebet geschlossen waren, und auf ihrem Antlitz schien der Widerschein des stillen, goldenen Abendlichts zu liegen, das vorhin das Zimmer erfüllt hatte. Dann öffnete sie die Augen wieder zu einem Lächeln.

»Konnte ich diese wunderbare Sache für mich allein behalten? Da war Schwester Angela. Ihre ganze Familie war von der Pest dahingerafft worden, und sie allein überlebte. Es bedrückte ihre Seele, daß alle so plötzlich abgerufen worden waren, ohne daß sie vorher ihren Frieden mit Gott hatten machen können. Sie verzehrte sich in Gebeten und Messen für ihre Seelen, um deren Aufenthalt im Fegefeuer zu verkürzen. Ihr gab ich das Buch, und als sie seine wunderbaren Verheißungen las, fiel die Furcht von ihr ab. Da stand nichts von Fegefeuer für den Schächer am Kreuze und von Seelenmessen für die Menschen, für die Jesus gestorben ist.

Und nun lieben wir alle unsere englische Bibel – aber du kannst dir auch denken, warum den Behörden ein solches Buch mißfällt und warum sie nicht zulassen wollen, daß es unter den Leuten verbreitet wird. Wer weiß, welche Lehren sie darin finden. Wer weiß, welche Umwälzungen es hervorrufen kann, wenn sie seine Wahrheiten beherzigen und nach ihnen handeln?«

Es entstand ein langes Schweigen, das Anne schließlich brach. »Ich möchte das Buch gern einmal sehen, und eines Tages muß ich es auch selber besitzen.«

Die Priorin erhob sich und forderte sie auf, ihr zu folgen. Beide gingen durch den kleinen Kreuzgang zur Klosterkirche, in deren traulichem Dämmerlicht einige weißgekleidete Gestalten vor dem Altar knieten. Auf ein Zeichen der Priorin kniete Anne neben ihnen nieder, während sie selber aus einem verkleideten Wandschränkchen das gleiche kleine Buch nahm, das Anne unter Huberts Sachen gesehen hatte. Sie öffnete es liebevoll, blätterte die Seiten vorsichtig um und reichte es ihr.

»Lies diese Stelle, meine Tochter«, gebot sie ihr, und Anne las laut, so daß alle es hören konnten:

»Kommet her zu mir alle, die ihr mühselig und beladen seid, ich will euch erquicken. Nehmt auf euch mein Joch und lernet von mir, denn ich bin sanftmütig und von Herzen demütig. So werdet ihr Ruhe finden für eure Seelen, denn mein Joch ist sanft, und meine Last ist leicht.«

Anne gab der Priorin das Buch zurück, und die Nonnen stimmten ihr Abendgebet an. Als sie geendet hatten, näherte sich ihr die junge Novize und geleitete sie zur Nachtruhe ins Gästezimmer. Die Priorin aber nahm deren Stelle unter den Knieenden ein, und ihr Antlitz schien verklärt von Liebe, Dankbarkeit und Frieden.

14.

Einen Tag bevor Peter und Anne London erreichten, gerieten sie in eine gefährliche Lage. Gegen Abend hielten sie vor einem kleinen Gasthof abseits der Landstraße. Die sauber gekleidete Wirtin kam beim Klang der Pferdehufe heraus und begrüßte sie freundlich.

»Ist das hier der Gasthof Zum dürren Baum?« fragte Peter mürrisch.

»Ja, das ist er, mein Herr«, antwortete die Wirtin. Anne, die mit Erstaunen merkte, daß die Botschaft, die sie für Hubert überbracht hatte, auch anderswo bekannt war, fügte leise hinzu: »Aber die Blätter sind grün!«

Peter wurde in einem Speicherzimmer über dem Stall untergebracht, und Anne bekam eine versteckt liegende saubere Dachkammer, in der sie bald fest einschlief.

Beim Morgengrauen wurde sie durch lautes Pochen an der Haustür aufgeschreckt. Der Wirt hatte wohl einen gesunden Schlaf, denn der draußen wurde ungeduldig. Er rüttelte heftig an der Tür und begehrte laut rufend Einlaß. Anne lief es kalt über den Rücken, als sie Martin Stranges Stimme erkannte.

»Raus aus dem Bett, du fauler Lümmel!« rief er. »Ist das hier ein Gasthof oder eine Leichenhalle? Soll ich hier bis zum Jüngsten Tag klopfen?«

»Sofort, Herr, sofort!« kam die Stimme des Wirts, und Anne hörte, wie unten Stühle beiseite geschoben wurden, als er zur Tür eilte. Dann erscholl das Rasseln von Schlüsseln und das Knarren von Riegeln, und nun sprach Martin wieder, wenn auch nicht mehr ganz so laut.

»Das ist hier wohl das Bezirksgefängnis, daß du die Tür so verschließest und verriegelst und verbarrikadierst? Oder hast du etwas zu verbergen, daß du anständigen Reisenden so mißtraust?«

»Nein, nein, gnädiger Herr!« beeilte sich der Wirt zu versichern. »Euer Gnaden ahnen ja gar nicht, was wir armen Leute von Wegelagerern und frechem Bettlervolk auszustehen haben.«

Martin schnitt ihm kurz das Wort ab. »Ich pfeif auf deine Klagelieder. Wie heißt der Gasthof?«

»Zum grünen Baum, gnädiger Herr«, hörte Anne ihn zu ihrer Verwunderung sagen.

»Wie weit bis zur Landstraße?«

»Vier bis fünf Meilen, gnädiger Herr. Sind Euer Gnaden die ganze Nacht durch den Wald geritten? Dann ist es ein Wunder, daß Ihr nicht belästigt worden seid.«

»Da hast du recht«, sagte Martin und lachte kurz auf. »Wenn ich noch mal hier in die Gegend komme, dann schlage ich dem Kerl, der mich zu diesem gottverlassenen Loch schickte und mir riet, den Abkürzungsweg quer durch die Wälder zu nehmen, den Schädel ein! Jetzt Scherz beiseite. Kümmere dich um mein Pferd;

es ist fast lahm. Und inzwischen soll mir jemand einen Krug Bier bringen und ein Frühstück machen. Ich muß noch bis London und hab Hunger!«

Weiter wurde nichts mehr gesprochen, und Anne lag mäuschenstill und horchte angestrengt auf jedes Geräusch. Der Wirt führte das Pferd anscheinend hinters Haus, denn die Schritte wurden immer leiser. In der Küche hörte sie jemanden mit Töpfen und Pfannen hantieren. Plötzlich sprach Martin wieder.

»Bah! Dieses Bier kann man ja kaum trinken! Sind übrigens kürzlich andere Reisende hier vorbeigekommen?«

»Wir sehen nur wenige Reisende, Herr«, antwortete die Wirtin ruhig. »Vor drei Tagen kamen ein paar Kaufleute durch, von London her, und davor ein junger Herr, der wohl nach Bristol wollte. Sonst ist niemand vorbeigekommen.«

Anne atmete erleichtert auf. Nach einiger Zeit kam der Wirt mit dem Pferd zurück. Martin stieg auf und ritt weiter.

Diese Begegnung veranlaßte Peter, seinen Plan zu ändern. Er hatte eigentlich früh aufbrechen und zunächst etliche Meilen auf der Landstraße zurücklegen wollen, bevor er wieder Nebenwege einschlug. Jetzt mußte der Aufbruch verschoben und die Landstraße gemieden werden. Sobald die Luft rein war, holte der Wirt Donner aus dem versteckt liegenden Stall, während seine Frau Suppe, Weißbrot und Käse herbeibrachte.

Bald nach dem Frühstück brachen sie auf. Sie mußten abgelegene Wege einschlagen, die Peter wenig bekannt waren, und als es Mittag wurde, waren sie längst noch nicht so weit, wie Peter geplant hatte. Zu allem Unglück verlor Donner in einem sumpfigen Geländestück ein Hufeisen.

»Wir müssen sehen, daß wir weiterkommen, so gut und so schnell es geht.« erklärte Peter; »wenn wir einen Schmied suchen wollen, verlieren wir zu viel Zeit. Wir werden sowieso kaum vor Dunkelwerden in unserem Nachtquartier ankommen.«

Anne ließ häufig ihre Blicke nach rechts und links schweifen, da sie fürchtete, jeden Augenblick Martin auftauchen zu sehen. Es war klar, daß er bereits von ihrer Flucht wußte und sich denken konnte, daß sie nach London wollte. Er hatte sich sofort auf ihre Spur gesetzt, und sie konnte es kaum glauben, daß er am frühen Morgen so nahe gewesen war, ohne sie zu entdecken.

15.

Für Walter schlichen die Stunden im Ketzerturm unerträglich langsam dahin. Es war schon mehr als eine Woche vergangen, und noch immer kam niemand, um ihn zu verhören. Der einzige Mensch, den er zu sehen bekam, war der Gefängniswärter, der ihm sein kärgliches Essen brachte; er war ein mürrischer Bursche und gab kaum Antworten auf Walters ängstliche Fragen.

Nein, der Bischof wolle ihn nicht sehen, er sei auf Reisen. Nein, der Kanzler sei mit wichtigeren Dingen beschäftigt. Nein, er dürfe kein Schreibpapier haben. Sein Fall werde schon früh genug verhandelt werden. Er solle die Zeit bis dahin ausnutzen, um sich seine Verteidigung zurechtzulegen.

In seiner gefährlichen Lage wagte Walter gar nicht, sich nach Herrn Hallett zu erkundigen, obwohl er sich manchmal fragte, ob er wohl noch mit ihm im gleichen Gefängnis sei. Eines Tages jedoch kam der Wärter ziemlich übelgelaunt herein und teilte ihm von selbst mit, daß sie einen Abgang gehabt hätten.

»Gestorben ist er!« rief er entrüstet. »In dieser Nacht gestorben! Ein so halsstarriger Ketzer, wie ich noch keinen gesehen habe. So verrannt in seinen Lügenglauben, daß keine List und keine Gewalt ihn davon abbringen konnte. Jetzt fällt mir ein, daß er aus Eurer Gegend war. Hallett hieß er. Den Scheiterhaufen hat er geprellt, aber dem Teufel entgeht er nicht. Darauf gehe ich jede Wette ein!«

Walter war von dieser Nachricht so überwältigt, daß er erst Worte für eine Frage fand, als der Wärter schon längst wieder draußen war. Er sank auf sein Lager nieder und stützte seinen Kopf in die Hände, um seine Gedanken zu sammeln und ein Gebet für den lieben Verstorbenen zu murmeln. Dann dachte er an Cäcilie.

Wie würde sich der Tod ihres Großvaters auf sie auswirken? Würde man sie nun nicht länger verdächtigen? Oder würde die Anklage gegen ihn nun auf sie übertragen werden? Würden seine Feinde, die ja um ihren Triumph betrogen waren, nun auch sie in dieses finstere Gefängnis werfen, damit sie litte, wie er gelitten hatte?

Bei diesem Gedanken sprang er auf, rannte in der engen Zelle hin und her und hämmerte mit den Fäusten gegen die steinernen Mauern. Er verfluchte seine Machtlosigkeit – verfluchte auch den Tag, an dem er William Tyndale kennengelernt hatte, und schob ihm die Schuld an seinem und ihrem Unglück zu.

Er stand noch ganz im Banne der Unglücksbotschaft, als er vor den Bischof befohlen wurde. Es war Spätnachmittag, als ihn der Befehl erreichte. Zum ersten Male seit jenem für seine Familie so verhängnisvollen Maitage schritt er die Wendeltreppe hinunter und in den warmen, milden Sonnenschein hinaus. Vom Platz vor der St.-Pauls-Kathedrale scholl geschäftiges Treiben herüber. In der blauen Luft kreisten und flatterten die Tauben. Priester wandelten gemessenen Schrittes auf und ab, und die Buchhändler in ihren Läden an der Nordseite gingen emsig ihrem Geschäft nach.

Walter wäre gern einen Augenblick stehengeblieben, um nach so vielen Tagen der Einsamkeit das Getriebe zu genießen, aber die Aufseher trieben ihn weiter bis zum bischöflichen Palast, wo sie ihn in ein stattliches Zimmer führten. Dort saß der Bischof und erwartete ihn. Die Abendsonne warf ihre Strahlen auf die blanke Tischplatte, und auch auf das Gesicht des Kirchenfürsten. Aber seine kalten, grauen Augen konnten sie nicht erhellen. Rechts und links von ihm saßen der Kanzler, der Dekan und andere Würdenträger.

»Verlies die Anklageschrift!« befahl der Bischof. Ein Schreiber trat vor und schnatterte eine ganze Liste von Verbrechen herunter, die Walter vorgeworfen wurden. Es war nichts vergessen, auch nicht, daß er einen Ketzer zum Großvater gehabt habe, daß er von dem Erzketzer Tyndale unterrichtet worden sei, daß er in Oxford verbotene Bücher gelesen und daß er die Enkelin eines überführten

Verbrechers zur Frau begehrt habe.

Als der Schreiber geendet hatte, starrte ihn der Bischof mit eisiger Miene an.

»Das ist wahrlich eine erschreckende Liste! Kannst du die Wahrheit dieser Anschuldigungen bestreiten?« fuhr er ihn an.

»Nein, Bischöfliche Gnaden«, stammelte Walter. »Ich wollte sagen, ja. Es stimmt, daß mein Großvater ein Ketzer war – aber ich bin keiner, Euer Gnaden. Ich schwöre Euch, ich bin kein Ketzer!«

Er wollte weitersprechen, aber der Bischof unterbrach ihn.

»Wo ist der Bruder, der die Ketzereien dieses Menschen ans Licht brachte?« fragte er. Und Bruder Antonius trat vor.

»Bischöfliche Gnaden«, begann er mit sanfter Stimme, »es schmerzt mich, daß ich es Euch sagen muß, aber meine Pflicht ist stärker als meine menschlichen Gefühle. Dieser mißleitete junge Mann möchte Euch glauben machen, daß es nicht seine Schuld ist, wenn sein Großvater ein Ketzer war. Wir können uns unsere Großeltern nicht aussuchen – das stimmt, auch nicht unsere Eltern. Sein Vater war der Kirche treu ergeben, aber wer kennt die tiefsten Geheimnisse des Herzens, besonders jetzt, wo der Vater tot ist?«

Walter stürzte vor. Die Augen flackerten irre.

»Tot!« rief er »Mein Vater tot! Wer sagt das? Das kann nicht wahr sein!«

»Leider zu wahr«, antwortete Bruder Antonius mit trauriger Stimme; in seinen Augen aber glomm heimlicher Haß. »Die Erkenntnis, daß sein einziger Sohn zu den elenden Oxforder Ketzerstudenten gehörte und daß seine einzige Tochter gemeinsame Sache mit den verbrecherischen Burschen machte, die diese verruchten Schriften in unserem Lande verbreiteten – ein solcher Schlag kann fürwahr das stärkste Herz brechen. Und während er jetzt im Grabe liegt, vagabundiert seine Tochter wie eine Zigeunerin in der Gegend umher!«

Bei diesen Worten warf er Walter, der bleich und fassungslos da stand und kaum begriff, was der andere sagte, einen forschenden Blick zu.

»Genug davon!« rief der Bischof ungeduldig. »Sollen wir uns die ganze Familiengeschichte anhören? Dekan, verhören Sie den Gefangenen. Wir wollen nicht wissen, was sein Großvater dachte oder was sein Vater dachte, sondern wie es um seinen eigenen Glauben steht.«

Es folgte ein langes Verhör. Als die Sonne unterging und Dämmerung das Zimmer füllte, war es noch nicht zu Ende. Walter konnte unter dem niederschmetternden Eindruck der so unerwartet auf ihn hereingebrochenen Nachricht keinen klaren Gedanken fassen. Er antwortete zusammenhanglos, verwickelte sich mehrmals in Widersprüche und stolperte über einfachste Fragen. Als er schließlich entlassen wurde, klangen ihm die Worte nach:

»Er ist entweder ein armer Irrer oder ein Verbrecher. Wenn er schwachsinnig ist, soll er seine Ketzerei abschwören und Buße tun. Ist er aber ein Verbrecher, dann haben wir sein eigenes Geständnis und das Zeugnis des Bruders hier – und das reicht aus, um ihn in diesem und dem nächsten Leben den Flammen zu überantworten.«

Der Bischof entließ seine Begleiter mit einer Handbewegung, und Walter wurde ins Gefängnis zurückgeführt, wo er die folgende Nacht in tiefster Verzweiflung durchwachte. Er wußte nur zu gut, welch kümmerliche Rolle er bei dem Verhör vor dem Bischof gespielt hatte, und dabei hätte doch alles so klar und einfach sein können! Was die Lehren der Kirche anging, war er ein treuer Katholik, und er hatte niemals die Autorität weder der Kirche noch ihrer Dogmen geleugnet. Seine einzige Verfehlung war diese unglückliche Verbindung mit den Oxforder Studenten gewesen, die das englische Neue Testament und andere Schriften einschmuggelten und studierten. Wenn er diesen Irrtum eingestand, könnte er bestimmt auf Vergebung hoffen.

Aber es waren ja gar keine klaren und einfachen Fragen gewesen, die man ihm gestellt hatte. Es waren so geschickte und raffinierte Fangfragen gewesen, daß sie sogar manchem Priester hätten zum Verhängnis werden können. Und wie hätte er klaren Kopf behalten sollen, wo ihn Überraschung und Kummer so jäh überfallen hatten! Was mochte den plötzlichen Tod seines Vaters herbeigeführt haben? Und – was ihm noch unbegreiflicher erschien – wie mochte Anne dazu gekommen sein, das schützende Elternhaus zu verlassen? Fragen über Fragen, auf die er keine Antwort fand, und er stöhnte in seiner Verzweiflung laut auf.

Am Morgen betrat ein Schreiber des Bischofs in Begleitung von Bruder Antonius seine Zelle. Der Schreiber legte ein Pergament, Tinte und Feder auf den Tisch und richtete mit gefalteten Händen seine Botschaft aus.

»Seine Bischöfliche Gnaden sind huldvollst geneigt, dir Vergebung zu gewähren unter der Bedingung, daß du mit dem Beistand dieses Dominikanerbruders hier ein Schuldbekenntnis niederschreibst und dich feierlich verpflichtest, dich jeder weiteren Ketzerei zu enthalten und die Buße, die Seine Bischöfliche Gnaden dir aufzuerlegen gedenken, auf dich zu nehmen.«

Wie viele schwache Naturen, die, wenn sie in die Enge getrieben werden, ihre Zuflucht zu Halsstarrigkeit und Eigensinn nehmen, leistete auch Walter verzweifelten Widerstand.

»Ich will nichts abschwören!« erklärte er trotzig. »Ich bin kein Ketzer. Ich habe die Lehren der Kirche nicht geleugnet, auch nicht ihre Autorität. Ich gehöre nicht zu denen, die über sie spotten. Wenn ich abschwöre, dann klingt das so, als fühlte ich mich schuldig, und das bin ich nicht. Ich sage Euch hiermit, daß ich gar nichts unterschreibe!«

Er wandte den beiden Männern den Rücken und stützte den Kopf in die Hände. Der Schreiber nahm das Pergament wieder an sich und blickte fragend zu Bruder Antonius hin.

»Er ist ein ganz verstockter Sünder«, sagte dieser, »aber wir werden schon Mittel finden, ihn zur Vernunft zu bringen. Wir wollen ihn jetzt allein lassen, damit er über seine Sünden nachdenken kann und über das Leid, das er außer über sich selber auch noch über andere bringt.«

Beide gingen hinaus, und als die Tür hinter ihnen ins Schloß fiel, hingen Walters Gedanken an dieser letzten versteckten Drohung. »Auch noch über andere« – damit konnte doch nur Cäcilie gemeint sein. Tief in seinem Inneren wußte er, daß seine Weigerung abzuschwören der Folter und der drohenden Todesstrafe nicht standhalten würde. Aber davon abgesehen: durfte er Cäcilie, die als Geisel festgehalten wurde, in Gefahr bringen?

Seine Zweifel wurden bald beendet. Schon am folgenden Tag näherten sich Schritte auf der Treppe, er hörte das Klirren von Schlüsseln, Riegel knarrten, und dann traten wieder der Schreiber und Bruder Antonius über die Schwelle. Wieder wurden Pergament, Tinte und Feder auf den Tisch gelegt.

»Bist du bereit, deine Schuld zu bekennen und abzuschwören?« fragte der Schreiber.

»Nein.« Das war alles, was Walter antworten konnte. Dann trat Bruder Antonius vor.

»Du hast dein Herz verhärtet, mein Sohn«, sagte er mit sanfter Stimme, »und da wir mit deiner Verstocktheit rechneten, haben wir jemanden mitgebracht, der dich vielleicht eher zur Einsicht bringt als wir.«

Er winkte nach draußen; zwei Wärter kamen herein, und zwischen ihnen, gebeugt und kaum ihrer Schritte mächtig, Cäcilie Hallett! Walter blickte sie erstaunt und entsetzt an. Sie war erschreckend mager, die umschatteten Augen saßen tief in den Höhlen. So hing sie schlaff zwischen den beiden Begleitern. Die gefalteten Hände schauten aus den Ärmeln eines Novizengewandes hervor. Bruder Antonius schritt ihr entgegen und klopfte ihr gebieterisch auf die Schulter.

»Sieh Herrn Walter Medway an, meine Tochter, und sage ihm, warum du hierhergekommen bist!«

Cäcilie schauerte beim Klang seiner Stimme zusammen, aber sie hob gehorsam den Kopf. Als sie dann Walters Namen hörte, schien sie sich zu beleben. Sie schüttelte die beiden Wärter ab, fiel vor Walter nieder und ergriff krampfhaft seinen Arm.

»O Walter, Walter! Kannst du mich nicht retten? Mein Großvater ist tot. Niemand kann sich mehr um mich kümmern. Du siehst, sie haben schon eine Novize aus mir gemacht, und ich bin schon halb von Sinnen vor lauter Kasteiungen und Bußübungen. Nächste Woche werde ich nach Frankreich geschickt, wenn du mir nicht hilfst. Sie sagen, du brauchtest nur ein Schriftstück zu unterzeichnen, und ich wäre frei. Sie haben mir geschworen, daß wir dann heiraten und nach Raven Abbas zurückkehren können. Wie kannst du da zögern? Hast du mich denn nicht mehr lieb?«

Die Worte erstarben zu einem unverständlichen Gemurmel, als sie ihren Kopf an ihn lehnte und ihren Tränen freien Lauf ließ. Walter wollte sie zu sich emporziehen, aber Bruder Antonius legte eine Hand auf seinen Arm und sah ihm mit einem diabolischen Lächeln ins Gesicht.

»Erst das Pergament, Herr Walter. Für Liebkosungen ist noch Zeit genug, wenn den Forderungen der Kirche Genüge getan ist.«

»Liebkosungen!« schrie Walter mit wutverzerrtem Gesicht. »Was habt Ihr Unmensch mit ihr angefangen?«

Aber der Bruder zuckte nur die Achseln. »Sie gehört nicht zu meinen Schafen«, sagte er und gab den Wärtern ein Zeichen, sie aufzurichten. »Wollt Ihr unterschreiben, oder wollt Ihr Eurer zukünftigen Braut Lebewohl sagen und sie zu ihren Gebeten zurückkehren lassen?«

Walter sah ihn entgeistert an und wankte dann zum Tisch.

»Ich unterschreibe«, stöhnte er.

16.

In demselben Dachzimmer, das Walter Medway verlassen hatte, um Cäcilie Hallett zu suchen, saß jetzt Richard Carver und unterhielt sich mit Hubert, dem Hausierer. Ihre Mienen waren ernst, denn sie sprachen von Walter und der Gefahr, in der er schwebte.

»Als ich diesen durchtriebenen Bruder sah«, sagte Hubert, »war es mir sofort klar, daß eine große Teufelei im Spiele war. Ich hielt mich natürlich im Hintergrund, denn wenn er mich gesehen hätte, dann hätte er Zeter und Mordio geschrien.«

»Meinst du, das wäre sein erster Besuch gewesen?« fragte Richard.

Hubert fuhr sich nachdenklich übers Kinn. »Nein, nein. Der Wärter kannte ihn genau. Aber beim nächsten Mal hatte er Cäcilie Hallett bei sich. Ich hatte allerdings Mühe, sie wiederzuerkennen, so verändert sah sie aus.«

»Zweifellos schmieden sie ein Komplott gegen Walter«, pflichtete ihm Richard bei, »aber welche Rolle sollte die arme Cäcilie dabei spielen? Ich war gerade zur unrechten Zeit fort, aber das Geschäft war dringend. Morgen früh gehe ich selber und sehe, ob ich irgend etwas erfahren kann. Worüber ich mir jetzt aber mehr Sorge mache, das ist, was aus Peter Dunkley und Fräulein Anne geworden sein mag. Der Junge, der ihm meine Botschaft überbrachte, beteuerte, sie seien nur zwei Tagesreisen hinter ihm zurück. Er ist schon seit drei Tagen hier, und von ihnen habe ich noch kein Lebenszeichen.«

»Ich habe eine Bitte an Euch«, unterbrach ihn Hubert. »Wenn für Herrn Walter oder Fräulein Anne irgend etwas getan werden soll – bitte, laßt es mich tun. Ich weiß, daß ich mein Leben Euch verdanke, aber ohne Fräulein Anne hättet Ihr mich damals im Lissonwald nicht retten können. Diese Schuld möchte ich gerne abtragen.«

»Es freut mich, Hubert, daß du so denkst. Aber wir wollen hoffen, daß wenigstens Anne bald aus allen Schwierigkeiten heraus sein wird.«

Während er noch sprach, waren auf den knarrenden Stiegen der hölzernen Treppe eilige Schritte zu hören. Nun flog die Tür auf, und herein stürzte ganz außer Atem der Pferdejunge.

»Sir! Gerade ist Peter Dunkley mit einer jungen Dame in den Hof geritten. Ich bat sie, mir zu folgen – und hier sind sie!«

Er trat beiseite, und da standen die beiden Reisenden in der Tür. Als Annes und Richards Blicke sich trafen, zeugten sie so unmißverständlich von gegenseitiger Zuneigung, daß Anne in seine geöffneten Arme stürzte und vor Übermüdung, Dankbarkeit und Freude weinte. Nachdem sie sich beruhigt hatte, schickte er Peter in seine Unterkunft und führte Anne hinunter, um sie seiner Mutter vorzustellen.

Im Wohnzimmer saß Johanna Carver beim Schein der Nachmittagssonne an ihrem Stickrahmen.

»Mutter«, sagte Richard, »hier bringe ich dir eine Tochter. Nimm sie bitte um ihret- und auch um meinetwillen recht freundlich auf.«

Frau Carver legte den Stickrahmen beiseite und kam Anne mit ausgestreckten Armen entgegen.

»Du bist also Anne. Wie freue ich mich, daß du hier bist!« Mit diesen Worten nahm sie sie in ihre Arme und gab ihr einen mütterlichen Kuß. »Seit mein kleines Töchterchen vor langen Jahren starb, ist in meinem Herzen ein Platz leer geblieben. Willst du ihn jetzt einnehmen? Willst du?«

So wurde Anne ohne viele Förmlichkeiten als Richards zukünftige Braut in seinem Elternhaus aufgenommen. Und als sie die Nachricht von Walters Verhaftung erfuhr, blieb ihr der Trost, daß sie in diesem Hause Liebe und Schutz gefunden hatte.

Richard wußte nichts weiter, als daß Walter im Ketzerturm saß und daß Bruder Antonius Cäcilie dorthin mitgenommen hatte – zu welchem Zweck, wußte er nicht. Als er nun von seiner Absicht sprach, in die Nähe des Ketzerturms zu gehen, um weitere Nachforschungen anzustellen, bestürmte ihn Anne, sie mitzunehmen, und er willigte schließlich ein.

Sie brachen schon beim Morgengrauen auf, denn es schien Richard geraten, vor dem Einsetzen des starken Verkehrs bereits am Ziele zu sein. Anne saß hinter ihm auf dem Reitkissen. Peter Dunkley hatte er schon vorausgeschickt; er sollte sie an einem bestimmten Gasthaus erwarten, wo sie das Pferd einstellen wollten, um den Rest des Weges zu Fuß zurückzulegen, damit sie weniger auffielen.

Peter hatte, als sie ihn trafen, schon eine Neuigkeit erfahren. »Ich habe mit dem Wirt gesprochen. Heute findet in der Paulskirche ein großes Schauspiel statt. Der Kardinal kommt in vollem Gepränge, um bei der Buße von sechs Ketzern anwesend zu sein, und der Bischof wird ihnen Absolution erteilen.«

Es war höchst unwahrscheinlich, daß Martin, falls er überhaupt zu der Veranstaltung käme, Anne in dem zu erwartenden Gedränge begegnen würde, und Bruder Antonius war wohl vollauf mit seinen Machenschaften um Walter und Cäcilie Hallett beschäftigt. Es bestand also keine Gefahr, daß jemand sie erkennen würde; so setzten beide den Weg zu Fuß fort und ließen Peter mit den Pferden gewissermaßen als Nachhut zurück.

Richard und Anne mischten sich unbeachtet unter die anderen und erreichten die berühmte Kirche. Für Anne, die nur die hübschen kleinen Pfarrkirchen ihrer Heimat kannte, war sie ein überwältigender Anblick. Sie schwang sich hoch hinauf in schattige Höhen und dehnte sich zu gewaltigen, im Halbdämmer liegenden und hinter Gitterwerk und Pfeilern halb verborgenen Seitenschiffen. Die Menge, die gekommen war, das Schauspiel mit anzuschauen, schob und drängte sich, plauderte, lachte – als ob sie auf dem Jahrmarkt wäre, aber nicht in der Kirche, kam es Anne in den Sinn. Fest an Richards Arm hängend, ließ sie sich durch die Menge führen, bis sie einen günstigen Punkt fast in der Mitte der Kirche erreichten. Hier erhob sich ein hohes Gerüst, auf dem auf einer Art Plattform Stühle für die Würdenträger standen.

Plötzlich erscholl von draußen laute Musik. Die großen Türen wurden geöffnet, und der Kardinal zog mit seinem Gefolge ein. Zuerst kamen Soldaten in voller Rüstung; dann die uniformierten Beamten, die auf goldenen Kissen die Insignien seiner Würde trugen; dann die Priester seines engeren Gefolges, die zwei vergoldete silberne Kreuze und die silbernen Stützen des Thronhimmels hielten. Der Kardinal selber folgte – eine prunkvolle Erscheinung, angetan mit scharlachroten Gewändern, und auf dem Kopf einen ebensolchen Hut. Haltung und Blick entsprachen der glänzenden Aufmachung, doch nahm er die Huldigungen der Menge mit herablassender Leutseligkeit entgegen. Hinter ihm schritten der Bischof von London, der Dekan von St. Paul und zahlreiche weitere geistliche Würdenträger in voller Amtstracht.

Inzwischen hatte sich die Kirche dicht mit Neugierigen gefüllt, und Richard und Anne waren bis an das Spalier der Soldaten vorgedrängt worden, die den Durchgang für die Prozession freihielten. Von hier sahen sie deutlich, wie innerhalb einer Absperrung, zwischen den beiden Gerüsten und dem Nordtor, über dem ein riesiges Kruzifix hing, Vorbereitungen für ein Feuer getroffen wurden. Als alle Standespersonen auf der Plattform Platz genommen hatten, hielt eine zweite Gruppe ihren Einzug. Sie bestand aus einer Reihe von Dienern, die auf den Schultern mit Büchern gefüllte Körbe trugen. Sie schritten durch die Absperrung und schütteten sie auf die Holzscheite.

»Was sind das für Bücher, Richard?« fragte Anne erstaunt.

»Was anders als Bibeln, Anne! Bibeln und Schriften der Männer, die die Kirche reformieren möchten und die diese Kirche als Ketzer bezeichnet. Es wird manches von Huberts kleinen brauen Büchern dabei sein. Wir wollen Gott danken, daß, wenn auch die Bücher verbrannt werden, Sein Wort nicht vergeht.«

Anne unterdrückte einen Aufschrei, als jetzt die Büßer in Sicht kamen. Fünf von ihnen trugen jeder ein Reisigbündel auf der Schulter. Der sechste trug eine große weiße Kerze, deren Flamme im Luftzug heftig flackerte. Plötzlich verschwamm alles vor ihren Augen. Sie mußte sich fest an Richards Arm klammern, um nicht zu Boden zu sinken. Hinter dem flackernden Kerzenlicht sah sie – hohlwangig und hohläugig, aber doch unverkennbar – das Gesicht ihres geliebten Bruders Walter!

Mit langsamen und gemessenen Schritten führten die Wachen die Büßer die Stufen hinauf auf die zweite Plattform, gegenüber der des Kardinals und seines Gefolges. Dort mußten sie mit der Last auf den Schultern niederknien und dem Kardinal und der ganzen Versammlung ihre Sünden gegen die Heilige Kirche bekennen. Wie im Traum hörte Anne einzelne Worte – »verabscheuenswerte Ketzerei« – »abscheuliches Verbrechen« – »verruchter Verrat« – und zuletzt Walters Stimme, der die jämmerliche Liste fortsetzte und Gott, den Kardinal, die Kirche und die ganze Christenheit um Vergebung bat.

Kniend und gesenkten Hauptes hörten die Missetäter die Predigt an, die ihrem Schuldbekenntnis folgte. Der Bischof von Rochester benutzte die Gelegenheit, seine Macht zu zeigen. Er bestieg die Kanzel und überschüttete die Menge und besonders die Büßer mit einer solch feurigen Beredsamkeit, daß selbst die Unschuldigen zitterten. In Annes umflorte Sinne drangen jedoch nur zwei Sätze:

»Ihr habt verdient, daß ihr der ewigen Verdammnis anheimfallt, daß euer Leib in diesem und eure Seele in jenem Leben den Flammen überantwortet wird. Doch weil ihr euch demütig der Mutter Kirche, die euch zu eurem Heile züchtigt, gebeugt habt, soll eure Buße angenommen und ihr noch einmal in ihren Schoß aufgenommen werden.«

Anne hatte die Augen geschlossen. Aber eine plötzliche Bewegung der vor ihr stehenden Soldaten veranlaßte sie, aufzublicken. Der Kardinal durchschritt die Gasse und kam so dicht an ihr vorbei, daß sie sein wallendes Gewand fast mit der Hand hätte berühren können. Als er an der zweiten Plattform, auf der die Sünder noch knieten, vorbeischritt, schien es Anne, daß er ihnen einen höhnischen Blick zuwarf. Sie mußte sich unwillkürlich fragen, ob er nicht trotz seines Eifers in der Verfolgung der Ketzer dennoch diejenigen verachtete, die nicht den Mut der Überzeugung aufbrachten, und wie er bei all seinem Stolz und dem selbstbewußten und fanatischen Ausdruck seines Gesichts sich wohl selber verhalten hätte, wenn er vor die Entscheidung gestellt worden wäre: widerrufe oder verbrenne!

Als er draußen war, nahmen die Bischöfe und die übrigen Würdenträger wieder Platz, und der zweite Akt des Schauspiels begann. Die Büßer wurden die Stufen hinuntergeführt und, bis auf Walter, innerhalb der Absperrung um den kleinen Scheiterhaufen herum aufgestellt. Walter wurde unter das große Kruzifix geführt, das über dem Nordtor hing. Er hob die schwere Kerze verehrend zu ihm empor und stellte sich dann zu den anderen. Eine brennende Fackel wurde in den Holzstapel gestoßen, und bald züngelten und prasselten die Flammen in dem trockenen Reisig. Dreimal wurden die Büßer um den Scheiterhaufen herumgeführt, und sie mußten der Reihe nach ihre Bündel ins Feuer werfen.

Erst nach drei Tagen brachte Peter die Nachricht, daß Walter in Begleitung von Bruder Antonius den Ketzerturm verlassen habe und jetzt im Haus der Dominikaner untergebracht sei. Er hatte nicht mit ihm sprechen können, und so wußte man nicht, ob er Nachricht vom Tode seines Vaters und der Ankunft seiner Schwester in London erhalten hatte.

Insgeheim bedauerte Anne diese gewaltsame Trennung. Das Schicksal schien ihre Wege endgültig getrennt zu haben, und es hätte von Undankbarkeit gegenüber ihren Gastgebern gezeugt, wenn sie ihre Trauer um den, der jetzt mit deren Feinden gemeinsame Sache machte, zu offen gezeigt hätte. Doch sorgte sie sich um ihn und hätte zu gern mit ihm gesprochen, um ihm zu versichern, daß sie ihm trotz allem in schwesterlicher Liebe zugetan sei.

17.

Es bestand Einigkeit darüber, daß Richard und Anne möglichst bald getraut werden sollten. Da ihr Vater nicht mehr lebte, war Walter nach dem Gesetz ihr Vormund. Es mußte deshalb damit gerechnet werden, daß die Behörden ihn auf Martins Betreiben bearbeiteten und ihn zwangen zu verlangen, daß seine Schwester das Haus der Carvers verlasse und nach Hause zurückkehre. Wenn sie aber Richards angetraute Frau war, entfiel diese Möglichkeit.

Frau Johanna hatte vor, die Hochzeit in ganz großem Stil zu feiern, damit alle erführen, daß Anne und Richard vor Gott und der Welt ein Paar seien. Aber bevor die Einladungen verschickt, die Musikanten bestellt, Speisen und Getränke besorgt worden waren, ereignete sich etwas, das alle Pläne umwarf.

Es war für die Jahreszeit ungewöhnlich kalt und regnerisch geworden, und im Wohnzimmer hatte man Feuer gemacht und die Lampe angezündet. Herr und Frau Carver saßen in ihren Lehnstühlen am Kamin, während Richard und Anne am Fensterplatz ruhig miteinander plauderten. Es hatte gerade neun Uhr geschlagen, als eines der Hausmädchen in der Tür erschien.

»Es ist ein Bruder hier, gnädige Frau«, meldete sie stockend. »Er läßt sich nicht abweisen. Er sagt, er müsse unbedingt Herrn Richard sprechen.«

Anne sprang erregt auf, aber Richard zog sie auf ihren Stuhl zurück. »Hab keine Angst, Liebste. Wenn sie eine Teufelei planten, würden sie nicht so offen vorgehen.« Und zu dem Mädchen gewandt: »Ich will ihn in der Küche sprechen.«

Er folgte ihr, und Anne ging zum Kamin, wo sie sich auf einem niedrigen Schemel zu Frau Johannas Füßen niedersetzte. Es vergingen nur wenige Minuten, dann kam Richard zurück; ihm folgte eine Gestalt in dem groben Gewand der Dominikaner. Die Kapuze war tief ins Gesicht gezogen. Als er nähertrat und sie zurückschob, erkannte Anne ihren Bruder Walter. Sie konnte eine gewisse Zurückhaltung nicht verbergen, und in Walters Benehmen fiel ihr eine peinliche Verlegenheit auf. Die Art, in der er die älteren Herrschaften begrüßte, war steif und unbeholfen und zeigte nichts von seiner früheren gesellschaftlichen Sicherheit, und als alle Platz genommen hatten, entstand ein verlegenes Schweigen, das sich niemand zu brechen getraute, bis schließlich Anne als erste sprach.

»Walter«, begann sie freundlich, »du brauchst uns nicht viel zu erzählen. Wir wissen, daß man dich in den Ketzerturm gesperrt hat, und ich war mit Richard an jenem schrecklichen Tag in der Paulskirche. Wir haben deine Buße mit angesehen. Wir verstehen. Hast du es um Cäcilies willen getan?«

»Um Cäcilies willen – ja. Es war der einzige Weg, ihr zu ersparen, nach Frankreich in ein Kloster geschickt zu werden – so sagte man uns wenigstens. Aber auch um meinetwillen.« Hier wurde seine Stimme lauter, und er sprach schnell und erregt. »Ich bin kein Ketzer. Warum quält man mich so? Hätte doch Gott William Tyndale als Kind sterben lassen! Warum muß ich für seine teuflischen Schriften büßen? Sind Cäcilie und ich an seiner Torheit schuld?«

Als er noch leidenschaftlicher wurde, stand Anne auf, ging zu ihm und legte ihm die Hand besänftigend auf die Schulter, wie sie es früher häufig bei Tante Katherine gesehen hatte.

»Niemand macht dir Vorwürfe, Walter. Nein, wir fühlen deinen und Cäcilies Schmerz mit. Es war eine grausame Wahl, vor die sie dich gestellt haben. Aber die Schuld trifft nicht Herrn Tyndale. Trifft sie nicht vielmehr die anmaßenden und frömmelnden Diener der Kirche, die das Wort Gottes selbst solchen Christen vorenthalten wollen, die es mit wirklicher Liebe und Verehrung studieren würden? Sie sind es, die uns vor die Entscheidung stellen, entweder das unverfälschte Gotteswort zu lesen oder als Ketzer zu leiden.«

Walter stützte den Kopf in die Hand und antwortete jetzt ruhiger. »Ich bleibe bei dem, was die Kirche vorschreibt. Ich will glauben, was man von mir zu glauben verlangt, und alles ablehnen, was die Priester mir abzulehnen befehlen. Dann brauche ich keine Entscheidung zu treffen und habe Ruhe.«

»Nein, Walter«, unterbrach Richard, »du wirst keine Ruhe haben. Du bist einer von uns, einer von denen, die selber nachdenken und über die uns gezogenen Grenzen hinaus vordringen möchten. Es genügt uns nicht, die Dinge unbesehen hinzunehmen. Wir müssen auf die Grundlagen unseres Glaubens zurückgehen und mit offenen Augen nach vorne sehen. Das liegt im Zug unserer Zeit. Du magst versuchen, deine Zweifel zu ersticken, du magst deine geistige und moralische Entwicklung Leuten anvertrauen, die dir an Wissen und Wert weit unterlegen sind, du magst Drohungen mit Verbannung und Tod entronnen sein – aber Ruhe und inneren Frieden wirst du nicht finden.«

Plötzlich mischte sich Herr Carver in die Unterhaltung. Er sprach hart und entschieden, wie um alle in die Wirklichkeit zurückzurufen.

»Seid Ihr Mönch geworden, Walter, daß Ihr in dieser Kleidung zu uns kommt?«

Walter sah an seiner Kutter herunter, als wenn er sich selber über seine Aufmachung wunderte.

»Nein, Herr Carver, ich habe sie geliehen und nur angezogen, damit ich unbemerkt zu Euch ins Haus kommen konnte. Aber Ihr habt recht, wir sprechen schon zu lange über meine Angelegenheiten. Ich komme mit einer dringenden Botschaft für dich, Richard, und sie mag auch Anne betreffen.«

Und nun erzählte er, zuerst langsam und stockend, dann aber mit wachsendem Selbstvertrauen, seine Geschichte.

»Von meines Vaters Tod und deiner Flucht, Anne, erfuhr ich durch Bruder Antonius. Aber auch er wußte nicht, wohin du wolltest. Näheres hörte ich erst, als vor einigen Tagen Martin Strange zu mir ins Dominikanerkloster kam, in dem ich jetzt wohne. ›Dein Vater ist an gebrochenem Herzen gestorben‹, versicherte er mir. ›Deine Schwester hat Fairlawn nicht freiwillig verlassen. Richard Carver hat sie entführt und hält sie nun als Gefangene in seinem Elternhaus fest. Aber mach dir keine Sorgen. Ich will alles tun, was in meinen Kräften steht, um sie zu befreien – sobald du mir versprichst, sie mir zur Frau zu geben, wenn sie wieder frei ist.‹

Ich wußte jedoch nicht, daß du Richard liebst, Anne. Martin war ein guter alter Freund, und unser Vater schätzte ihn sehr. So habe ich es ihm gern versprochen.

Seitdem habe ich Martin und den Bruder nicht mehr zu sehen bekommen, aber heute habe ich sie sprechen hören. Als ich in der Bibliothek über einem Buch saß, winkte mir Bruder Anselm – dem auch diese Kutte gehört – zu, ihm zu folgen. Er führte mich in die Kellerräume hinunter, wo er an den Vorräten zu tun hatte, und ohne ein Wort zu sagen, wies er mich in die hinterste Ecke. Zunächst war ich überrascht. Dann hörte ich Stimmen. Ich zwängte mich zwischen Kisten und Fässern durch und kam an eine Stelle, wo die Sprechenden unmittelbar über mir waren. Es dauerte einige Minuten, bis ich zwei Stimmen erkannte, die Martin Stranges und des Bruders Antonius. Die dritte war mir fremd.

›Warum nicht einen Dolchstoß in der Dunkelheit?‹ hörte ich Martin sagen. ›Wozu die Gerichte bemühen? Welches ist denn die einzige Justiz, die ein Ketzer verdient?‹

Der dritte sprach im Ton eines Mannes, der gewohnt ist zu befehlen. ›Euer privater Streit interessiert mich nicht. Wenn Ihr mir helfen wollt, indem Ihr die Bibelschmuggler und Traktatverkäufer vor Gericht bringt, bin ich bereit, eure Hilfe anzunehmen. Ich möchte aber nicht, daß mein Ziel durch Eure persönlichen Feindschaften gefährdet wird. Ist das klar? Und wie ist es nun mit dem Schiff?‹

›Mein Beauftragter Diggory schnüffelt in der Hafengegend herum‹, sagte Bruder Antonius, ›und er berichtet, es würde allgemein von der Ankunft einer neuen Schiffsladung von diesen Büchern gemunkelt. In drei bis vier Tagen sollen sie bei günstigem Wind hier sein.‹

›Dann müssen wir bereit sein, sie sofort zu beschlagnahmen. Wenn wir unser Netz weit genug auswerfen und geschickt vorgehen, können wir mit einem Schlage ein Dutzend der führenden Leute fangen.‹

›Ob ein Dutzend oder fünfzig gefangen werden, das soll mir gleich sein – wenn nur Richard Carver dabei ist!‹ fuhr es Martin unter einem kräftigen Fluch heraus.

Nun wurden Stühle gerückt, und ich hörte Schritte über mir. Dann sprach wieder der Fremde. ›Denkt daran. Es geschieht nichts ohne meine ausdrückliche Ermächtigung. Lebt wohl!‹ Als er fort war, schienen die beiden ihre Stühle zusammenzurücken, wie an einem Tisch, und Martin lachte laut. ›Der alte Narr. Was kümmert mich seine Jagd auf Ketzer! Wenn er mir Carver vom Halse schafft – gut. Aber wenn nicht – dann muß ich eben andere Mittel finden.‹

Ich hatte genug gehört und verließ meinen Lauscherplatz. Und jetzt bin ich hier, um dich zu warnen, Richard. Jetzt ist die Reihe zu handeln an dir!«

Er stand auf, um sich zu verabschieden, und kein Zureden konnte ihn bewegen, länger zu bleiben.

»Ich habe schon genug gewagt. Morgen sollen Cäcilie und ich nach Hause zurückkehren. Wenn ich auffalle, ist aber alles verloren.«

Alle umdrängten ihn, um ihm zu danken und Glück zu wünschen. Anne trug ihm herzliche Grüße an ihre Tante und Cäcilie auf. Er gab seine Einwilligung zu ihrer Heirat mit Richard, und beide versprachen, ihm heimlich Nachricht zu geben, wenn sie in Sicherheit wären. Dann hatte er es eilig fortzukommen, und keiner versuchte, ihn zurückzuhalten, denn alle waren sich bewußt, wieviel er ihretwegen riskiert hatte.

Als Richard, der ihn hinausbegleitete, zurückkam, waren Anne und seine Eltern schon dabei, zu beraten, wie er sich am besten in Sicherheit brächte. Sein Vater war ärgerlich.

»Als ich dir erlaubte, dich mit diesen Sachen abzugeben Dick, habe ich auf deine Klugheit vertraut. Es ist ja gut und schön, wenn du und deine Mutter an einer frommen Verschwörung teilnehmt. Aber ich bin Kaufmann, und ich habe in erster Linie an mein Geschäft zu denken. Wenn die Behörden so hinter den Bibeln her sind, will ich mit den Schmuggelgeschäften nichts mehr zu tun haben. Entweder du machst Schluß damit oder du bleibst nicht länger in meiner Firma.«

»Halt, halt, lieber Mann«, unterbrach ihn seine Frau. »Du gehst doch ein bißchen zu weit. Dick ist kein unbedachter Jüngling, sondern ein Mann, der zu seiner Überzeugung steht – wie du das ja auch tust.«

Jetzt sagte auch Richard seine Meinung. Er erklärte, daß nichts in der Welt ihn davon abbringen könne, sich in den Dienst der englischen Bibeln zu stellen, und wenn irgend jemand meine –

Hier hielt ihm seine Mutter die Hand vor den Mund, damit er in seiner Erregung nicht weiterredete.

»Es ist doch noch gar nicht lange her, lieber Mann, da hast du bedauert, daß du in Holland und nicht einmal in Deutschland einen vertrauenswürdigen Mann sitzen hast. Jetzt kannst du ihn haben. Laß Dick und Anne sofort heiraten und wenigstens für einige Zeit aufs Festland gehen.«

Zuerst wollte er nichts davon wissen. Er meinte, Richard würde sich so sehr mit seinen reformerischen Freunden abgeben, daß ihm keine Zeit für seine geschäftlichen Pflichten bliebe. Und Richard selber wollte auch nicht gerne vor der Gefahr fliehen, die ja außer ihm auch noch anderen drohte. Aber Frau Johanna gelang es schließlich mit Annes Unterstützung, die beiden Männer zu überzeugen, daß ihr Plan der beste sei.

»Und jetzt müssen wir schlafen gehen«, sagte sie zuletzt. »Morgen müssen Richard und Anne heiraten, und Kapitän Thorne muß die ›Blonde Maid‹ seeklar machen. Morgen abend müßt ihr fort, und möge Gott euch geleiten«, und mit einem Seufzer fügte sie hinzu, »und euch wieder zu mir zurückführen.«

18.

Die kleine Allerheiligenkirche war selbst an sonnigen Tagen dunkel und unfreundlich, aber als Richard und Anne vor dem Altar knieten, schien ihnen die ganze Kirche in goldenem Licht zu strahlen – so groß war ihre innere Freude und ihr tiefes Glück.

Seit dem frühen Morgen hatte im Carverschen Haus emsige Regsamkeit geherrscht. Mit Frau Johannas Hilfe hatte Anne ihre und Richards Reisekleider eingepackt. Schon vor Tagesgrauen war Peter Dunkley mit Anweisungen für Kapitän Thorne an den Fluß geritten, und als er zurückkam, war das ganze Gepäck fertig.

Inzwischen war Richard zu Fuß unterwegs gewesen, um die Warnung, die Walter ihm überbracht hatte, an seine Freunde weiterzugeben. Die meisten waren von der Nachricht nicht überrascht. In den letzten Monaten waren die Behörden unter der Führung des Bischofs von London bei der Suche nach den verbotenen Büchern und in der Behandlung Verdächtiger rücksichtsloser und unbarmherziger vorgegangen, und das war ihnen natürlich nicht verborgen geblieben. Jeder rechnete bereits damit, daß die Reihe demnächst an ihn kommen werde. Tyndales Bruder John fand für die Lage die richtigen Worte.

»Wir müssen die Köpfe einziehen, bis der Sturm vorübergebraust ist, Dick. Es nützt weder der Sache noch dem Volk, wenn wir uns in Gefahr begeben. Geh du zu meinem Bruder nach Marburg, wie es John Frith und andere schon vor dir getan haben. Wenn die Lage wieder günstiger ist, werden wir dir Nachricht geben.«

Diesen Rat gaben ihm alle seine Bekannten, und so ließ er sich schließlich überzeugen, daß sein Bleiben der Sache nur schaden könnte. Am Spätnachmittag war alles für die Trauung vorbereitet. Es schien zwar nicht ganz gefahrlos, den Weg zur Kirche zu wagen, aber sie ließen sich nicht davon abhalten. Der Pfarrer und sein Kaplan waren eifrige Mitglieder der Gruppe, die Tyndales Bücher verteilten, aber obwohl bereits ein leiser Verdacht auf beiden lag, war der Pfarrer noch in Freiheit. Der Kaplan jedoch saß im Gefängnis. Er hatte die Bücher nach Oxford gebracht und war dort mit vielen anderen verhaftet worden, als ihre ketzerischen Machenschaften den Behörden bekannt wurden.

Es wurde eine Hochzeit ohne große Festtafel, ohne Musikanten, ohne Brautkuchen, ohne Blumen und Girlanden. Nur Johanna Carver und Peter Dunkley standen hinter dem Brautpaar, als der Pfarrer sie vor Gott und der Welt als ehelich verbunden erklärte. Zuerst empfand es Anne schmerzlich, daß in diesem entscheidenden Augenblick niemand von ihrer eigenen Familie zugegen sein konnte, und ein leises Heimweh überkam sie. Aber sie schob die dunklen Gefühle schnell beiseite, und als sie zu Richard aufblickte, strahlten ihre Augen voller Liebe und Zuversicht.

Die Trauungszeremonie war kaum beendet, als die Kirchentür einen Spalt weit geöffnet wurde und sich sofort wieder schloß. Hubert hatte sich hereingezwängt und eilte nun auf Richard zu.

»Hubert, was bringst du? Sprich, Mann! Sag uns die böse Nachricht!«

»Ihr und Fräulein Anne dürft nicht in Euer Haus zurückkommen!«

»Nicht nach Haus zurück!« rief Frau Johanna. »Aber sie müssen doch nach Hause. Die ›Blonde Maid‹ kann ja erst morgen abfahren!«

Hubert schüttelte traurig den Kopf. »Es ist noch keine Stunde her, da kam ein hoher Gerichtsbeamter mit großem Gefolge angeritten mit einem vom Sheriff und Herrn Walter unterschriebenen Befehl: Fräulein Anne sei Martin Strange sofort zu übergeben, um unter seine Vormundschaft gestellt zu werden, bis ihr Bruder die nötigen Vorkehrungen für ihre sichere Rückkehr in ihr Elternhaus treffen könne! Sie glaubten mir nicht, als ich ihnen sagte, Ihr wäret nicht da, und durchsuchten das ganze Haus. Sie benahmen sich ziemlich anständig, wenn sie auch mordsmäßig fluchten. Der Beamte ritt schließlich ärgerlich weg. Er läßt aber bestimmt das Haus von seinen Leuten bewachen. Ihr könnt also nicht zurück.«

Alle sahen einander bestürzt an, und es dauerte eine ganze Weile, bis der Pfarrer das Schweigen brach.

»Mein einfaches Haus steht zu Eurer Verfügung, wenn Sir Richard und seine junge Frau mir die Ehre geben wollen.«

Bevor Richard etwas sagen konnte, antwortete seine Mutter für ihn. »Ihr seid ein guter Freund, habt Dank! Hubert, du begleitest mich zu meiner Freundin. Ich will dort zu Abend essen, bevor ich in mein eigenes Haus zurückgehe. Peter bleibt bei dir, Richard. Du wirst ihn bald nötig haben.«

Richard blickte sie lächelnd an. »Schade, daß du nicht als Junge geboren wurdest, Mutter. Du wärst gewiß als General zu Ruhm und Ehren gekommen – oder vielleicht auch als großes Kirchenlicht wie unser Freund, der Kardinal.«

Aber trotz dieser kleinen Hänselei nahm er ihren Vorschlag an, denn er war wirklich gut. So nahmen sie denn Abschied voneinander, ohne Jammer und Tränen, obwohl alle wußten, daß es vielleicht ein Abschied für immer war. Dann verließ Frau Johanna mit sicheren Schritten die Kirche durch das Hauptportal, während Richard und Anne dem Pfarrer ins Pastorat folgten.

Der Morgen dämmerte grau und trübe. Feuchter Nebel vom Fluß her schob sich durch die engen Straßen, als Richard seine junge Frau auf das Reitkissen hob und selber aufstieg. Peter bestieg Donner, und dann waren sie zum Aufbruch bereit. Ein letzter Segenswunsch des Pfarrers, ein freundliches Winken der Haushälterin, und dann verschluckte sie der Morgennebel.

Obwohl Anne fest in ihren rostbrauen Kapuzenmantel gehüllt war, wurde ihr kalt, und sie erschauerte wie in einer Vorahnung drohenden Unheils. Sollte der seelische Druck denn niemals enden, und sollte sie niemals mehr an die Stätte ihrer Jugend zurückkehren dürfen? Sollte sie immer ein Flüchtling bleiben, der das

Licht des Tages fürchten muß?

Ihre Hand schloß sich fester um Richards Gürtel, und nun fand sie auch ihren inneren Halt wieder. Solange Richard bei ihr war und sie bei ihm, konnte ihr nichts passieren. Mit ihm konnte sie furchtlos jeder Gefahr und der Verbannung trotzen.

Sie hatten bald den Fluß erreicht und ritten am Ufer entlang ostwärts, wo ein fahler, gelber Fleck verriet, daß die Sonne vergeblich gegen den Nebel anzukämpfen versuchte. Nach kurzem Ritt tauchten zwei Gestalten aus dem Nebel auf. Es waren Hubert und ein Reitknecht, die sie bereits erwarteten. Diesem wurden die beiden Pferde übergeben, und er verschwand in der Richtung, aus der sie gekommen waren.

»So, Hubert«, begrüßte Richard den Hausierer, »du willst also mit uns fahren?«

»Es ist Frau Johannas Befehl, Sir«, entgegnete er mit breitem Lächeln. »Vielleicht könnt Ihr mich auch noch gebrauchen. Und außerdem kennt Martin Strange mich zu gut. Es ist ganz gut, wenn er Zeit hat, mich zu vergessen.«

Richard wandte sich jetzt Anne zu und geleitete sie zu der Steintreppe, die zum Wasser hinunterführte. Die mit Moos bewachsenen feuchten Stufen waren glitschig, und sie ging vorsichtig hinunter, um das Boot zu besteigen, das die Flüchtigen zu der etwas weiter draußen liegenden »Blonden Maid« hinüberbringen sollte.

In diesem Augenblick näherten sich eilige Schritte, und eine scharfe Stimme rief: »Halt! Im Namen des Königs!« Aus der gegenüber einmündenden Gasse quoll eine Gruppe Männer, an ihrer Spitze der Beamte des Sheriffs, und dicht hinter ihm Martin Strange und Bruder Antonius. Sie sprangen von den Pferden und liefen vorwärts, um die Flüchtigen abzufangen.

»Ins Boot, Herr!« rief Peter, »wir halten sie zurück!« Er und Hubert sprangen die Treppe hinauf und stellten sich Schulter an Schulter, um dem Ansturm zu begegnen. Peter zog sein Schwert, Hubert war unbewaffnet, aber er schwang seinen schweren Knotenstock, der ihn überall begleitete, und es gelang ihnen, die Treppe freizuhalten, so daß Richard seiner Frau ins Boot helfen konnte. Dann eilte er seinen Gefährten zu Hilfe, und die Angreifer wurden langsam zurückgedrängt.

Plötzlich gewahrte Huberts scharfes Auge eine Bewegung hinter ihnen. Bruder Antonius hatte sich an der Kaimauer entlang herangeschlichen, einen Dolch gezückt und gerade den Arm gehoben, um ihn Richard in den Rücken zu stoßen. Blitzschnell wandte sich Hubert herum und ließ mit krachendem Schlag seinen schweren Stock auf den kahlen Schädel niedersausen. Der Dolch flog klirrend auf die Steine, und der Getroffene sank stöhnend zu Boden.

»Schnell, Hubert, komm!« rief Richard, und die durch den Fall des Bruders hervorgerufene Bestürzung ausnutzend, sprangen er und Peter in das Boot. Hubert wollte ihnen nach, aber in diesem Augenblick sprang Martin auf ihn zu und duchbohrte ihn in seiner lange aufgespeicherten Wut von hinten mit dem Schwert. Mit einem Aufschrei fiel er nach vorn ins Wasser. Hilfsbereite Hände packten ihn an seinen Kleidern, und als die Matrosen sich in die Ruder legten, zogen Richard und Peter den schlaffen, blutenden Körper zu sich ins Boot.

Auf der »Blonden Maid« hatte man das Kampfgetümmel gehört und schon die nötigen Vorbereitungen getroffen. Kapitän Thorne selber half Anne an Bord und begrüßte Richard mit kräftigem Handschlag. Die Segel wurden gesetzt, die Anker gelichtet, und dann durchfurchte der Bug die Wellen in Richtung auf die offene See.

Der Kapitän hatte seine eigene Kajüte zur Verfügung gestellt, um Hubert dort zu betten. Er sah ihn an und schüttelte den Kopf. »Die Wunde ist tödlich, Dick«, sagte er traurig. »Er tritt eine weitere Fahrt an als wir.«

Hubert schlug mühsam die Augen auf. »Fräulein Anne«, murmelte er. Sogleich kniete sie neben ihm und faßte seine Hand. »Ihr und Sir Richard habt mir das Leben gerettet im Lissonwald damals. Jetzt habe ich meine Schuld bezahlt, gerne bezahlt.«

Tränen rannen über Annes Wangen, aber als sie sprechen wollte, wehrte Hubert ab.

»Keine Zeit für Worte. Hier an meiner Brust das Buch. Ich gebe es Euch, liebe Anne. Lest es und denkt manchmal an Hubert den Hausierer.«

Er seufzte tief und lang, seine Augen schlossen sich, und der Kopf sank zurück.

»Er ist von uns gegangen, Anne«, sagte Richard sanft. »Wir wollen sein Vermächtnis an uns nehmen und ihn allein lassen.«

Anne stand auf, die kostbare Bibel fest in der Hand, und ließ sich von Richard hinausführen.

Draußen klatschten die Wellen gegen den Kiel, und der Wind sang im Takelwerk. Die Sonne hatte den Nebel durchdrungen, und die »Blonde Maid« segelte stolz ihrem goldenen Licht entgegen.

19.

An einem Dezemberabend des Jahres 1532 lag Antwerpen unter einer dichten Schneedecke. Den ganzen Tag lang hatte der Sturm die weißen Flocken durch die engen Gassen gewirbelt. Sie dämpften die Geräusche in den Straßen, milderten die scharfen Silhouetten der Dächer und Kamine und versahen die Masten und das Takelwerk der im Hafen liegenden Schiffe mit weißem Besatz

Am Nordkai erhob sich prächtig das neu erbaute Englische Haus, das Hauptquartier der englischen Kaufleute, die in den Niederlanden Handel trieben. Nicht weit davon, in einem kleinen Haus in einer engen Seitenstraße, saß Anne Carver am Feuer und träumte.

In den vier Jahren, die vergangen waren, seit sie und Richard Carver London verlassen hatten, war aus dem hübschen jungen Mädchen eine anmutige, liebenswerte junge Frau geworden. Aber es waren keine leichten Jahre gewesen. Am meisten hatten sie wohl darunter gelitten, daß sie kein festes Heim hatten. Die Behaglichkeit und Sicherheit, die ihr Fairlawn früher geboten und die sie für eine Selbstverständlichkeit gehalten hatte, waren unwiederbringlich dahin. An diesem Winterabend eilten ihre Gedanken zurück und ließen sie im Geiste noch einmal die Jahre in der Fremde durchwandern.

Das Haus, in dem sie jetzt wohnten, glich noch am ehesten einem wirklichen Heim. Sie waren vor etwas mehr als einem Jahr, mit einem Empfehlungsschreiben an Frau van Dusen versehen, nach Antwerpen gekommen. Diese kinderlose Witwe hatte sie in ihr Haus aufgenommen und in ihr Herz geschlossen, nicht nur aus Mitgefühl mit ihnen, sondern auch um der Sache willen, der sie dienten und in deren Dienst ihr eigener Sohn vor fünf Jahren ums Leben gekommen war. Anne dachte dankerfüllt daran, wie lieb sie zu ihrem Söhnchen Dicky gewesen war und wie hingebend sie Anne selbst gepflegt hatte, als das Töchterchen Jane geboren wurde.

Davor lag allerdings die Zeit in den armseligen Behausungen in Hamburg, als Richard mit William Tyndale an der Übersetzung der fünf Bücher Mose gearbeitet hatte, und noch früher die erbärmliche Herberge bei Frankfurt, wo an einem schneeigen Winterabend Dicky geboren wurde. Sehr freundlich war dagegen ihre erste Wohnung in Marburg gewesen, die ihnen einen weiten Ausblick in das liebliche Lahntal bot, in der sie die Bekanntschaft mit Tyndale erneuert und die ersten Monate nach der Flucht verbracht hatten.

In der Erinnerung an diese Zeit strich Annes Hand zärtlich über die Seiten des Buchs, das geöffnet auf ihren Knien lag. Es zeigte bereits die Spuren täglichen Gebrauchs, aber es war ihr noch immer ein liebes Andenken an Hubert den Hausierer. Es war noch aufgeschlagen an der Stelle, wo sie vorhin aufgehört hatte zu lesen, und nun las sie den letzten Vers noch einmal: »Niemand hat größere Liebe denn die, daß er sein Leben läßt für seine Freunde.« Ja, das hatte Hubert getan, und das würde wohl noch mancher tun im Dienst an der guten Sache.

Ein wohlbekanntes Klopfen an der Haustür ließ sie aus ihren Träumereien auffahren, und einen Augenblick später kam Richard herein, noch immer den Schnee von den Stiefeln stampfend und den schweren Mantel aufknöpfend.

»Hier ist ein Besucher, Anne. Ich traf Tyndale auf seinem üblichen Besuchsgang zu den Bedürftigen. Ich glaube, er ist halbtot vor Kälte und Hunger. Hast du etwas zu essen für ihn?« Mit diesen Worten zog er einen elend aussehenden Mann in einem verschlissenen Priesterrock und notdürftig zusammengeflickten Schuhen ins Zimmer, und Anne begrüßte ihn herzlich.

»Kommt herein, kommt herein! Natürlich ist an unserem Tisch immer ein Platz frei für einen unerwarteten Gast. Und wer wäre uns willkommener als Ihr, Herr Tyndale?«

Obwohl er noch keine fünfzig Jahre zählte, war seine Gestalt vom vielen Sitzen über Büchern und Pergamenten gebeugt, und tiefe Runzeln durchfurchten sein Gesicht. In Ruhe war es ernst, fast streng, aber wenn er sprach, hellte es sich auf, und in seinen grauen Augen konnte es schalkhaft blitzen. Er kam gerne ans wärmende Feuer und nahm als alter Freund auch ohne Umstände am Tisch Platz.

Als Anne die Kerzen angezündet und ein junges Küchenmädchen das Essen hereingebracht hatte, herrschte bald eine angeregte Stimmung im Zimmer. Annes Erzählungen von den jüngsten Heldentaten ihrer beiden Kleinen erregten lautes Lachen. Richard hatte Neuigkeiten von draußen mitgebracht. Als aber die Mahlzeit beendet und der Tisch abgeräumt war und die drei am Feuer saßen, entstand eine Stille, in der nur das Summen von Annes Spinnrad zu hören war. Schließlich nahm Richard das Wort.

»Ihr seid jetzt so still und nachdenklich, mein Freund. Ich glaube, Ihr macht Euch Sorgen um John Frith.«

Tyndale nickte traurig mit dem Kopf, ohne ein Wort zu sagen. Anne hielt in ihrer Arbeit inne.

»Es ist jetzt schon sechs Monate her, daß er verhaftet wurde. Besteht keine Aussicht auf seine Rückkehr?«

»Keine – wenn nicht ein Wunder geschieht«, seufzte Tyndale. »Zuerst hatte ich Hoffnung für ihn, als der Erzbischof abgelöst und Cromwell Kanzler wurde. Aber die Zeit vergeht, und die Aussichten werden von Tag zu Tag geringer.«

In Annes Augen traten Tränen. »Seine arme Frau!« rief sie aus.

»Wie kann sie die Last der Sorge nur tragen?«

»Sie ist eine Frau, die ihres Mannes würdig ist«, sagte Tyndale mit fester Stimme. »Auch sie hat sich ganz der Sache Christi verschrieben, und sie weiß, daß die gegenwärtigen Leiden nichts sind gegen die Glorie, die da kommen wird. Sie opfert ihr eigenes Glück freudig der großen Sache.«

Es entstand wieder längeres Schweigen. Tyndale sah gedankenvoll in die Flammen, und nach einer Weile sprach er leise weiter, wie zu sich selber. »Es kommt immer näher. Nach so vielen anderen jetzt John Frith, der mir am nächsten von allen stand, mein lieber Sohn in Christo – ein rechtes Kind Gottes und ein Stern am Himmel der Wissenschaft. Soll das alles dahin sein wegen des anmaßenden Dünkels und der fanatischen Bigotterie einer Handvoll Männer, die heute in England herrschen?«

»Diese Mutlosigkeit und Niedergeschlagenheit paßt gar nicht zu Euch, lieber Tyndale.« In Richards Stimme lag leiser Vorwurf. »Auch Frith schlägt sein Leben gering an im Dienst an unserer Aufgabe.«

»Ihr habt recht, Richard.« Er hatte jetzt seine innere Festigkeit wiedergefunden. »Wir sind alle davon überzeugt, daß es keinen anderen Weg gibt, Wahrheit und Ehrlichkeit, Freiheit und Freude in unserem Volk neu zu festigen, als daß wir ihm das Wort Gottes in seiner Muttersprache schenken. Als ich mit der Übersetzung der fünf Bücher Mose fertig war, hatte ich daran gedacht, das Alte Testament gleich dem Neuen ganz zu übersetzen, doch bis jetzt hat die Zeit nicht gereicht. Aber in den ersten Versen des nächsten Buchs, des Buchs Josua, fand ich die Worte, die uns leiten und begeistern sollten – wie heißen sie noch gleich?« Er dachte einen Augenblick nach, und dann sprach er sie langsam und mit Betonung:

»Und laß das Buch dieses Gesetzes nicht von deinem Munde kommen, sondern betrachte es Tag und Nacht . . . Laß dir nicht grauen und entsetze dich nicht, denn der Herr, dein Gott, ist mit dir in allem, was du tun wirst.«

Seine Stimme klang so gläubig und zuversichtlich, daß sie wie Glockengeläute in die Ohren seiner Zuhörer drang. So hörte niemand ein schüchternes Klopfen an der Tür. Als es lauter wurde und Richard »Herein!« rief, erschien die kleine Holländerin und meldete, daß draußen ein Fremder nach Frau Carver gefragt habe.

Obgleich das Mädchen beteuerte, es sei nach *Frau* Carver gefragt worden, ging Richard hinaus. Die im Zimmer hörten ein Gemurmel von Stimmen und kurz darauf Richards erstaunten Ausruf: »Anne! Anne! Es ist Walter!«

Dann führte er ihn herein. Sein Mantel war mit Schnee bedeckt, und als er ihn ausgezogen hatte, stürzte Anne mit einem Freudenschrei in seine Arme. Unter Lachen und Weinen hieß sie ihn willkommen, und Richard strahlte beide an, obwohl ihm auffiel, wie mager und gebrechlich er aussah und wie sehr er in den vier Jahren, die sie sich nicht gesehen hatten, gealtert war.

Dann wurde Walter seinem ehemaligen Lehrer und Frau van Dusen vorgestellt, die sich sofort daran machte, ein warmes Essen für den Gast zu bereiten. Als er sich gestärkt und seine nassen Kleider getrocknet und Herr Tyndale sich verabschiedet hatte, waren Richard und Anne gespannt, den Grund dieses unerwarteten Besuchs zu erfahren. Zunächst schien es Walter schwerzufallen, Worte zu finden, aber der Umweg über die Kinder löste seine Zunge.

»Ich kann es kaum erwarten, sie zu sehen, Anne. Wenn wir jemals nach England zurückkehren und mir etwas von meinem väterlichen Erbe erhalten bleibt, soll es Dicky eines Tages bekommen. Als unser Kleines bei der Geburt starb, schien auch Cäcilies Lebenswille gebrochen. Sie klagte nicht, aber sie welkte vor Gram langsam dahin, und als sie ihrem Kind folgte, wäre ich am liebsten mit ihr ins Grab gesunken.«

Er blickte zu Richard auf, und mit einem schwachen Lächeln sprach er weiter.

»Du hast recht gehabt, Dick. Wir fanden zwar Sicherheit, aber keinen inneren Frieden. Wie du weißt, hatte ich mit meinen Kameraden in Oxford die englische Bibel gelesen, aber obwohl ich ihr abgeschworen habe, konnte ich sie nicht vergessen. Ihre Worte hallten unaufhörlich in meinem Geiste wider. Als ein wandernder

Ablaßkrämer bei uns vorsprach, hörte ich mich unwillkürlich murmeln: ›Das Blut Jesu Christi macht uns rein von aller Sünde.‹ Als ich die Seelenmessen für meine Frau und mein Kind bestellte, ging es mir durch den Kopf: ›Ich bin die Auferstehung und das Leben; wer an mich glaubt, der wird leben, ob er gleich stürbe.‹ Und so ging es in einem fort. Ich konnte die Worte dieses Buchs nicht vergessen.

Ich war ruhelos und verzweifelt. Da schlug mir Tante Katherine vor, auf Reisen zu gehen; neue Eindrücke, neue Menschen und neue Erlebnisse würden mir vielleicht Vergessen schenken. Ein Jahr lang bin ich in England und auf dem Kontinent herumgereist, und hier bei euch soll meine letzte Station sein. Wollt ihr mich aufnehmen als einen, der einen begangenen Verrat durch hingebende Treue wiedergutmachen will? Darf ich die Erinnerung an meine Abschwörung tilgen, indem ich euch helfe, das Evangelium zu verbreiten?«

Richard sprang auf und drückte ihm kräftig die Hand, und Anne, der die Freudentränen in die Augen stiegen, umarmte ihn zärtlich.

»Wir sind die Waffenmeister Gottes, Walter«, erklärte Richard. »Das Schwert des Heiligen Geistes, das Wort Gottes, hat allzulange in seiner römischen Scheide gerostet. Wir sind berufen, es herauszuziehen, ihm neuen Glanz und neue Schärfe zu verleihen und es Seinem Volk für seinen Kampf um die Freiheit des Geistes in die Hand zu drücken. Und du wirst jetzt einer der unseren bei dieser großen Aufgabe sein!«

20.

Es wurde Weihnachten, und es kam das neue Jahr. Walter lebte in dem kleinen Haushalt in Antwerpen, und nach den Jahren des Unglücks und der Enttäuschungen übte die geistige Anregung, die er durch die Mitarbeit in dem emsig schaffenden Kreis um William Tyndale empfing, eine wohltuende Wirkung auf ihn aus. Auch die

Kinder waren eine nie versiegende Quelle des Trostes und der Freude für ihn, und Anne, die mit Befriedigung sah, daß seine Wangen voller wurden und sein Blick den unsteten und gehetzten Ausdruck verlor, hatte das Gefühl, daß jetzt nur noch Tante Katherine fehlte, um das Glück vollständig zu machen.

Aber das Glück ist unbeständig und zerbrechlich wie gesponnenes Glas. Das sollte auch Anne allzubald erfahren.

John Frith, auf dessen Freilassung man noch immer vergebens hoffte, war in einer wichtigen Mission nach England geschickt und vor der Vollendung seiner Aufgabe verhaftet worden. Nachdem nun acht Monate des Wartens vergangen, mußte ein anderer hinübergeschickt werden, und die Wahl war auf Richard Carver gefallen, der in dem Kreise um Tyndale eine führende Rolle spielte. Seine langjährigen Verdienste um die Sache, sein Mut und seine Unternehmungslust, seine bevorzugte geschäftliche Stellung in dem angesehenen Handelshause seines Vaters – alles machte ihn für eine verantwortungsvolle Aufgabe besonders geeignet.

Als er Anne die Nachricht brachte, entstand einen Augenblick beklemmendes Schweigen. Dann nahm sie allen Mut und alle ihre Glaubenskraft zusammen und lächelte tapfer zu ihm auf.

»Ja, Dick! Keiner als du ist besser geeignet, John Friths Arbeit fortzuführen. Wie würde er sich freuen, wenn er wüßte, daß gerade du dazu ausersehen bist!«

»Du bist mein liebes, tapferes Weib. Ich wußte, daß du die Größe des Augenblicks erkennen und auch mitfühlen würdest, wie stolz ich bin. John hatte seine Aufgabe schon fast vollendet, und es bleibt nicht mehr allzuviel zu tun. So kann ich um so früher zurück sein. Es ist eine Beruhigung für mich, daß Walter hier ist, so daß du und die Kinder einen männlichen Schutz habt. Und denk daran, mein Liebstes: Was auch geschehen mag, nichts kann unsere Herzen trennen! Es waren wunderbare Worte, die Tyndale an dem Abend sprach, als Walter ankam: Laß dir nicht grauen und entsetze dich nicht; denn der Herr, dein Gott, ist mit dir in allem, was du tun wirst.«

An diese Worte mußte Anne in den folgenden Wochen oft denken, denn als Richard seine Reise antrat, wußten beide, daß sie nun lange nichts voneinander hören würden. Ging alles gut, dann würde er eines Tages wieder da sein; hatte er Unglück, dann würden sie irgendwann Nachricht von denen bekommen, die um sein Schicksal wußten.

So war sie denn, als sie die Nachricht von seiner Verhaftung erhielt, nicht unvorbereitet.

Es war Tyndale selber, der sie ihr brachte. Sein Bruder hatte ihm aus London geschrieben, und diesen Brief gab er ihr zu lesen.

»Es wird dich bekümmern zu erfahren«, schrieb Tyndale, »daß Richard Carver verhaftet worden ist. Seine Aufgabe scheint beendet gewesen zu sein; er hatte das Geld und die Informationen und war unterwegs an die Küste. Aber in Norfolk wurde er erkannt und den Behörden denunziert, die ihn sofort ins Gefängnis sperren ließen. Wenn man ihn nach London überführt, wird es ihm übel ergehen, denn der Bischof ist sehr wütend auf uns. Es sei denn, daß sein Vater bereit ist, etwas zu seinen Gunsten zu unternehmen.«

Als Anne gelesen hatte, legte Tyndale seine Hand auf ihr gesenktes Haupt. »Bleibt stark, Frau Anne. Wir sind alle in Gottes Hand. Legt die Rüstung an, die Er für uns bereit hält, damit Ihr in dieser verzweifelten Lage standhaft bleiben könnt. Rüstet Euch mit dem Schild des Glaubens und dem Schwert des Heiligen Geistes, und vergeßt nicht die Waffe des Gebets!«

Er wäre gern noch etwas bei ihr geblieben, aber er fühlte, daß sie allein sein wollte, und so verabschiedete er sich, nachdem er sie noch mit einigen zuversichtlichen Worten aufzurichten versucht hatte. Als er gegangen war, schickte Anne die Kinder zu Frau van Dusen, ging ins Schlafzimmer und schloß die Tür hinter sich ab.

Es war schon dunkel, als sie wieder zum Vorschein kam, aber ihre Züge waren entspannt und ihre Stimme klang fest, als sie nach ihren Kindern rief. Frau van Dusen brachte sie herein. Dicky näherte sich nur zögernd; er fühlte, daß etwas geschehen war, das seiner Mutter Leid gebracht hatte. Als die freundliche Holländerin ihr die kleine Jane reichte, gab sie ihr einen Kuß der Sympathie und des Verstehens, aber obwohl ihr die Tränen kamen, blieben Annes Augen trocken.

Während der ganzen folgenden Tage blieb sie so standhaft und fest in Glauben und Hoffnung. Sie wußte, mit welcher Hingebung sich Richard in den Dienst der guten Sache gestellt hatte. Sie wußte auch, daß, wenn es ihm bestimmt wäre, seinen Weg bis zum bitteren Ende zu gehen, er sich ohne Zögern opfern würde. Und sie war entschlossen, an Treue und Hingebung nicht hinter ihm zurückzustehen.

Als aber ein Tag nach dem anderen verging, wurde Walter unruhig, und schließlich erklärte er Anne, daß auch er nach England gehen wolle. »Wer allein hinter Schloß und Riegel sitzt, kann zu seiner Rettung nichts tun«, sagte er, »aber einem Gefangenen mit einem Freund draußen in Freiheit kann es vielleicht gelingen zu entfliehen.«

Vergebens wies Anne ihn darauf hin, daß Richard doch viele Freunde in England habe und daß er sich durch seine Rückkehr selber in Gefahr bringe. Er wollte von einer ihm drohenden Gefahr nichts wissen. Er hatte vier Jahre lang ungestört in Fairlawn gelebt und konnte sich nicht denken, daß ihn jemand denunzieren sollte. Selbst Annes Hinweis auf Martin Strange konnte ihn nicht von seiner Absicht abbringen. Mit der gleichen Hartnäckigkeit, die er bereits früher an den Tag gelegt hatte, bestand er auf seinem Plan, und so fuhr er eines Tages einem ungewissen Schicksal entgegen.

Der Winter ging zu Ende, und es wurde langsam Frühling. Richard hatte Antwerpen im Februar verlassen. Die Nachricht von seiner Verhaftung kam Ende März, und im April folgte ihm Walter. Der Mai verging, und es kam noch immer keine Nachricht. Anne ging ihren täglichen Pflichten mit größter Gewissenhaftigkeit nach, eingedenk der häufig von ihrer Tante gehörten Worte, daß Arbeit die beste Medizin gegen Trübsal und Sorgen sei. Ihre Freunde besuchten sie oft. Am liebsten war ihr der Besuch von Frau Frith, denn das gemeinsame Schicksal ihrer Männer hatte ein enges Band zwischen ihnen geflochten.

Abends, wenn Jane fest schlief, nahm sie oft Dicky auf ihren

Schoß und las ihm Geschichten aus Huberts Neuem Testament vor. Drei gefielen ihm besonders gut, und er konnte sie immer wieder von neuem hören. Alle drei handelten von glücklichem Entkommen: Wie Paulus von den Jüngern in einem Korb an der Stadtmauer hinabgelassen wurde – wie Paulus und Silas im Gefängnis beteten und Gott lobten und ein großes Erdbeben kam, das ihre Fesseln sprengte und die Türen weit auftat – wie der Engel des Herrn in der Nacht die Türen des Gefängnisses öffnete und den gefangenen Petrus hinausführte in die Freiheit. Und wenn Anne sie ihm immer wieder vorlas, wurde ihre Hoffnung zur freudigen Gewißheit, daß ein ähnliches Wunder auch Richard zu ihr und den Kindern zurückführen werde.

In solche Gedanken versunken, ging sie eines Junimorgens vom Markt nach Hause. Es war ein Tag, an dem Regen und Sonnenschein einander abwechselten, und da gerade ein plötzlicher Regenschauer niederging, trat sie in einen Türeingang, um sein Ende abzuwarten. Über dem Eingang sprang ein Erkerfenster vor, so daß sie vollkommen vor dem Regen geschützt war. Aus dem Erkerzimmer drangen undeutliche Stimmen zu ihr herab, aber plötzlich wurden sie lauter und deutlicher, es hatte wohl jemand das Fenster geöffnet.

»Vaughan war viel zu leichtgläubig«, hörte sie eine Stimme, »und Elyot ein ausgemachter Trottel. Dieser Tyndale hat die Raffinesse des Teufels, seines Lehrmeisters, und kann auch nicht mit List gefangen werden.«

Ein anderer lachte kurz auf. »Ich hab's ihnen gleich gesagt, daß sie sich am besten einen Haftbefehl beim König besorgen und ihn einfach festnehmen. Ich verstehe nicht, wie der Kanzler annehmen kann, wir hätten mehr Glück als seine anderen Beauftragten!«

Anne strengte ihre Ohren an, um mehr zu hören, aber die Unterhaltung war zu Ende.

»Wenn er überhaupt hier in Antwerpen ist«, hörte sie noch die erste Stimme sagen, »dann ist er doch nicht leichter zu finden als eine Nadel in einem Heuschober. Na ja, wir können's ja mal versuchen. Hat der Regen aufgehört? Wir gehen am besten gleich los.«

Nun wartete Anne nicht länger. Obgleich es noch tüchtig regnete, eilte sie durch Straßen und Gassen zu dem düsteren Stadtteil, in dem Tyndale wohnte, und klopfte an seine Haustür. Die alte Frau, die ihr öffnete, ließ sie auf ein paar eilig vorgebrachte Worte ein, und dann trat sie in das Zimmer, in dem der Übersetzer wie gewöhnlich über seinen Büchern und Pergamenten saß.

»Ich fürchte, es besteht auch Gefahr für Euch«, rief sie, »und ich komme, um Euch zu warnen.«

Sie zog einen Stuhl herbei, setzte sich neben ihn und erzählte ihm von dem Gespräch, dessen unfreiwillige Zeugin sie vorhin geworden war. Tyndale strich nachdenklich seinen Bart und antwortete zunächst nicht.

»Ihr wißt, Frau Anne«, begann er schließlich, »daß vor etwa zwei Jahren Stephan Vaughan mit einer Botschaft vom König und seinem Kanzler Cromwell zu mir kam. Er brachte mir freundliche Worte und die Zusicherung der Amnestie und der königlichen Gönnerschaft, falls ich meine verräterische Tätigkeit einstellte und mit ihm nach England zurückkehrte. Ich gab ihm folgendes zur Antwort: Wenn der König erlaubt, daß die Heilige Schrift dem Volk in seiner Muttersprache von einem Übersetzer geschenkt wird, den er selber auswählen mag, dann verspreche ich, nichts mehr zu schreiben und in meine Heimat zurückzukehren und das Los, das er mir zuteilen wird, freudig zu tragen. – Aber diese Bedingung wollte er nicht erfüllen, vielmehr schickte er nun Sir Thomas Elyot, aber nicht mit freundlichen Worten, sondern mit dem Auftrag, sich mit allen Mitteln meiner zu bemächtigen. Wie Euch bekannt ist, entzog ich mich der Verhaftung durch Reisen in andere Länder, bis er Antwerpen im Zorn verließ. Diesmal werde ich aber hierbleiben und den Ausgang abwarten. Wenn meine Zeit noch nicht gekommen ist, wird Gott mich beschützen. Ist sie aber abgelaufen, ergebe ich mich in allem, was geschieht, seinem Willen. Ich danke Euch von ganzem Herzen für Eure Warnung, Frau Anne. Eure Treue und die Liebe so vieler guter Freunde sind mein schönster Trost.«

Anne wußte, daß jeder Versuch, ihn zu überreden, zwecklos sein würde; so sagte sie ihm Lebewohl und ließ ihn allein.

Am selben Abend brachte sie gerade Dicky zu Bett, als die kleine Holländerin ihr meldete, ein Herr möchte sie sprechen. Ihr Herz begann heftig zu schlagen, aber sie ließ sich nichts anmerken. Sie ging hinunter ins Wohnzimmer, und dort sah sie sich Martin Strange gegenüber. In seiner übertrieben tiefen Verbeugung lag Ironie, und das wohlbekannte spöttische Lächeln lag wieder auf seinen Zügen, als er sie begrüßte.

»Guten Abend, Frau Carver. Ich bitte um Verzeihung für diesen ungebetenen Besuch, aber es ist doch schön, wenn man alte Bekanntschaft auffrischen kann, nicht wahr? Ihr werdet von Jahr zu Jahr hübscher. Die Luft in den Niederlanden – vielleicht auch der Ehestand – ist Euch ausgezeichnet bekommen.«

Anne begrüßte ihn mit gemessener Höflichkeit. »Ihr bleibt der galante Mann von Welt, Martin Strange. Was führt Euch zu mir?«

Martins Brauen zogen sich zusammen, aber auf seinen Lippen lag noch ein Lächeln. »Eine ziemlich kühle Begrüßung, Lady. Ich hatte geglaubt, daß Ihr Euch nach so langem Leben im Exil freuen würdet, Nachricht aus der Heimat und von Freunden zu hören – besonders von Freunden.«

»Ich wüßte nicht, wie Ihr mir Nachricht von Freunden bringen könntet?« fragte sie.

Martin trat einen Schritt näher an sie heran, noch immer lächelnd. »Da irrt Ihr gewaltig, Anne Carver. Ich habe sogar etwas zu sagen, das gewisse Freunde von Euch sehr nahe angeht!«

Anne setzte sich und bedeutete ihm durch einen Wink, ihr gegenüber Platz zu nehmen. Da warf Martin seinen Hut auf den Tisch, setzte sich und lehnte sich weit zu ihr hinüber.

»Schluß jetzt mit dieser steifen Förmlichkeit!« rief er. »Müssen wir uns jetzt wie Fremde gegenübersitzen, weil du Richard Carvers Frau bist? Schau, Anne, ich mache dir ein Angebot. Du weißt doch, daß dein Mann im Gefängnis sitzt?«

Anne nickte bejahend mit dem Kopf, und Martin fuhr fort.

»Deine Heirat war eine überstürzte Sache. Vielleicht hast du inzwischen Zeit gehabt, sie zu bereuen und bist nicht traurig, daß du voraussichtlich bald wieder frei sein wirst. Vielleicht aber hängst du noch so an ihm, daß du ihm baldige und sichere Heimkehr wünschst. In diesem Falle brauchst du nur das Wort zu sagen, und er ist sofort frei. Das schwöre ich dir bei allem, was mir heilig ist.«

Er schwieg, um ihre Antwort abzuwarten, und dann kam Annes Stimme, schwach und wie aus weiter Ferne: »Welches Wort?«

»Tyndale, dieser Ketzer, dieser Verbreiter verbotener Bücher – er lebt hier in Antwerpen. Du mußt ihn kennen, und du mußt auch wissen, wo er sich verborgen hält. Setz mich auf seine Spur – sonst nichts – nur ein Wort, damit ich ihn finde – und Richard ist frei. Niemand wird erfahren, wer mir den Wink gegeben hat – das bleibt Geheimnis zwischen dir und mir – und wenn Richard wieder in deinen Armen liegt, was kümmert dich dann Tyndale oder sonst wer auf der Welt?«

Er lehnte sich zurück und sah sie mit seinen von den dunklen Brauen beschatteten Augen gespannt an. Wie hübsch sie ist, dachte er, und wie unnahbar! Nun stand sie langsam auf. Ihr Gesicht rötete sich vor Zorn und Erregung, und ihre Augen blitzten ihn an.

»Hinweg, Verräter!« befahl sie ihm mit verhaltener, aber energischer Stimme. »Hältst du mich für so schlecht, daß du glaubst, ich gäbe mich zu einer solchen Schuftigkeit her? Könnte ich Richard frei ins Gesicht sehen, wenn ich wüßte, daß ich seine Freiheit mit einer solchen Judastat erkauft hätte? Ich bete zu Gott, daß ich dir nie wieder begegnen möge, damit ich vor der Sünde bewahrt bleibe, dich zu hassen – so wie ich dich jetzt verachte. Geh!«

Martin erhob sich, nahm den Hut vom Tisch und wandte sich nach der Tür. Die Hand schon auf der Klinke, drehte er sich noch einmal zu Anne um.

»Diese unverschämte Antwort werdet Ihr noch bereuen, Madame!« zischte er mit spöttischem Lächeln. »Habt Ihr vergessen, welches Schicksal Ketzer in England erwartet? Demnächst bringe ich Euch vielleicht Nachrichten über Euren Gatten, die Euch wohl anderen Sinnes werden lassen. Überlegt es Euch gut, bevor Ihr mein Angebot ablehnt!«

Dann war er draußen, und Anne sank verzweifelt und zitternd auf ihren Stuhl zurück.

21.

»Frau Carver, Frau Carver!« rief Frau van Dusen, und ihre Stimme klang so aufgeregt wie ihr Klopfen. Anne fuhr hoch; da trat die gute Frau auch schon in ihr Zimmer.

»Es handelt sich um den Herrn, der Euch gestern abend besucht hat, Frau Carver. Er hat einen Unfall gehabt. Ein Nachbarsjunge fand ihn vor einer Stunde mit einer klaffenden Kopfwunde bewußtlos vor Eurer Treppe liegen. Weil er zu schwer für ihn allein war, rief er unsere Liese, und die beiden haben ihn die Stufen herauf in meine Küche geschleppt. Dann ist der Junge zu Andres, dem Arzt, gelaufen, und Liese hat mich gerufen. Was sollen wir mit ihm anfangen, Frau Carver?«

»Wir müssen abwarten, was der Arzt sagt. Ich ziehe mich jetzt schnell an und sehe einmal selber nach ihm.«

Während des Anziehens beschäftigten sich ihre Gedanken mit dem seltsamen Vorfall. War es ein Trick, den Martin angewandt hatte, um wieder ins Haus zu kommen und das bewußte Wort doch aus ihr herauszuholen? War es die Hand Gottes, die ihren Feind gefällt hatte? Würden seine Freunde auf der Suche nach ihm hierherkommen, und würden sie es glauben, daß es sich um einen bloßen Unfall handelte? – Gerade als sie die Küche betrat, kam auch der Junge mit dem Arzt, und mit ihm kam William Tyndale.

»Ich war gerade zu meinem täglichen Krankenbesuch aufgebrochen, als ich den Jungen traf und seinen Bericht hörte. Weil ich glaubte, Ihr könntet vielleicht meinen Rat oder meine Hilfe gebrauchen, bin ich mitgekommen.«

Anne erzählte ihm von dem gestrigen Besuch des Verunglückten, während der Arzt den Bewußtlosen untersuchte. Schließlich blickte er auf.

»Es ist eine ganz böse Wunde, und dann ist durch die Nacht im Regen noch ein Fieber hinzugekommen. Am besten benachrichtigt man seine Freunde, aber er muß vorläufig ganz still liegenbleiben.«

»Ganz still liegenbleiben!« riefen Anne und Frau van Dusen gleichzeitig, und Anne fügte hinzu: »Wir kennen seine Freunde nicht, und wissen auch nicht, wo er wohnt.«

Der Arzt, den Tyndale gut kannte, war sich darüber im klaren, in welchen Verdacht alle Anwesenden geraten könnten, wenn ein Fremder mit einer solchen Kopfverletzung in ihrem Haus gefunden würde. Deshalb machte er Anne, sie über seinen Brillenrand hinweg ansehend, einen Vorschlag.

»Wenn Ihr es wünscht, werde ich ihn insgeheim aus Eurem Hause fortbringen lassen, irgendwohin, wo andere ihn auffinden mögen. Ich glaube aber nicht, daß er dann noch lange zu leben hat. Aber Ihr könnt entscheiden.«

Alles wartete gespannt auf ihre Antwort. Sie stand regungslos, die Augen auf Martins bleiches Gesicht gerichtet. Wenn man ihn fortbrächte, würde er sterben. Die Gefahr für Tyndale und die Bedrohung Richards wären für lange Zeit, vielleicht für immer behoben. Warum sollte sein Leben geschont werden? Er hatte sich über Richards Einkerkerung gefreut, hatte Tyndale in den Tod schicken wollen. War sein Leben kostbarer als das ihre?

Aber plötzlich blitzte eine ganz anders geartete Erinnerung in ihr auf. Sie sah einen sonnenüberstrahlten Dorfanger und im Fußblock einen erschöpften Gefangenen. Sie hörte seine schwache Stimme – »So deinen Feind hungert, so speise ihn, dürstet ihn, so tränke ihn.« Im selben Augenblick hörte sie, wie als Echo ihrer eigenen inneren Stimme, Tyndale hinter sich sprechen.

»Liebet eure Feinde; segnet, die euch fluchen; tut wohl denen, die euch hassen; bittet für die, so euch beleidigen und verfolgen.«

Es gab keine Wahl. Entschlossen wandte sie sich an Frau van Dusen. »Wenn es Euch recht ist, werde ich ihn bei mir behalten und ihn wieder gesund pflegen.«

So kam es denn, daß Anne und Frau van Dusen sich in den nächsten Wochen abwechselnd bemühten, den Schwerkranken durch Delirium und hohes Fieber hindurch – die Folgen der Kopfwunde und der im Freien verbrachten Nacht – gesund zu pflegen. Der Arzt kam oft mit heilenden Salben und stärkenden Arzneien, und auch Tyndale kam und sah väterlich nach dem Rechten.

Endlich konnte Frau van Dusen eines Tages Anne berichten, das Fieber sei überwunden und der Kranke habe die ersten vernünftigen Worte gesprochen.

»Ich habe ihm gesagt, wo er sich befindet und wie er hierhergekommen ist, aber sonst nichts. Vieles Sprechen strengt ihn zu sehr an, und ich glaube, er hat jetzt genug zum Nachdenken.«

Als Anne dann ins Krankenzimmer trat, fand sie ihn daliegen und gespannt nach der Tür sehen. Die Blässe seines Gesichts ließ die Augen noch dunkler erscheinen. Er war so hilflos und abgezehrt, daß es schwer war, in ihm den forschen und hochmütigen Ritter von früher wiederzuerkennen. Als er nun sprach, war seine Stimme nur ein schwaches Flüstern.

»Warum hast du das getan, Anne?« fragte er.

Sie bedachte sich einen Augenblick, bevor sie antwortete. Dann sagte sie langsam, aber mit fester Stimme:

»Ich tat es – wir alle taten es, weil wir Gottes Wort zur Richtschnur unseres Lebens gemacht haben. Wir fragen nicht: Was verlangt die Kirche an Wallfahrten und Bußübungen? – Wir fragen: Was sagt Jesus Christus? – Als wir dich verletzt, krank und hilflos vor unserer Tür fanden, da gab es für uns nichts anderes als dich hereinzuholen und zu pflegen – ›Was ihr getan habt einem unter diesen meinen geringsten Brüdern, das habt ihr mir getan.‹«

Ohne weitere Worte half sie ihm, sich in seinem Kissen aufzurichten und die Arznei zu schlucken, die sie ihm mitgebracht hatte. Dann ging sie schweigend hinaus, um ihm Zeit zu lassen, über ihre Worte nachzudenken.

Nach kurzer Zeit wurde es ihm bewußt, daß er für seine Pflegerinnen eine große Belastung bedeuten mußte, wenn sie ihn auch stets unter freundlichen Worten zu beruhigen versuchten. Jeden

Tag drängte er den Arzt, ihn zu seinen Freunden bringen zu lassen.

»Sie werden mich für tot halten, und was meinen Auftrag hier in Antwerpen angeht, so ist die Zeit dafür längst verstrichen, und ich muß schleunigst nach England zurück.«

So ließ er ihn denn schließlich auf einer Tragbahre zu dem Haus bringen, in dem er vor dem Unfall gewohnt hatte. Nach einiger Zeit kam er zu Anne zurück, um sie zu bitten, ihm alles, was früher vorgefallen war, zu verzeihen.

»Ich schäme mich so sehr, daß ich dir kaum noch in die Augen sehen kann. Wirklich, Anne, ich habe dich liebgehabt, aber meine Liebe war so mit anmaßendem Stolz und beunruhigender Leidenschaft durchsetzt, daß es kein Wunder ist, daß du mich abwiesest. Bitte, vergib mir und laß mich dein Freund sein. Tu's bitte. Wenn du es aber nicht kannst, dann ist deine Verachtung die gerechte bittere Strafe für mein Verhalten.«

Als er so inständig bat, versprach ihm Anne in ihrer Großmut, alles zu vergeben und zu vergessen, wenn es ihm mit dem Angebot seiner Freundschaft wirklich ernst sei.

»Meine erste Sorge soll nun Richard und Walter gelten«, fuhr Martin fort. »Ich werde mich bemühen, sie so bald wie möglich frei zu bekommen.«

Dieses ehrlich gemeinte Versprechen kam zu spät, denn am gleichen Tage, an dem Martin abreiste, kehrte Richard zurück.

Sie waren alle versammelt – der Arzt und Frau van Dusen, die Martin in seinen Reisemantel geholfen hatte, der Nachbarsjunge und die kleine Holländerin, die ihm Kissen auf die Bahre gelegt hatten, Anne und William Tyndale, die die Kinder beruhigten – als verhaltene Schritte auf der Treppe zu hören waren. Anne wurde bleich. Sollte es einer von Martins Freunden sein, ein Offizier der königlichen Garde, jemand, der ihnen allen Unheil bringen konnte? Die Schritte kamen näher, und dann stand der Ankömmling auf der Schwelle der offenstehenden Tür – Richard, abgemagert, blaß und hinfällig, aber er war es! Mit einem Freudenschrei flog Anne in seine Arme.

Nachdem sie sich alle wieder beruhigt hatten, saß Richard, mit seinem Söhnchen auf den Knien, in dem großen Sessel am Herd. Anne hatte Jane auf dem Arm und saß auf einem Stuhl dicht neben ihm. Aus tränenfeuchten Augen starrte sie den so unverhofft Zurückgekehrten an, als ob sie fürchtete, er könne jeden Augenblick wieder entschwinden. Die anderen drängten sich um die beiden und warteten darauf, daß Richard erzählte, welchem glücklichen Umstand er sein Leben und seine Freiheit zu verdanken habe.

»Ich habe es vor allem Walter zu verdanken«, begann er schließlich. »Wochenlang hatte Peter Dunkley das Gefängnis umschlichen, aber er konnte nicht näher herankommen als bis zum äußeren Tor. Walter traf ihn in der Stadt, und beide zusammen schmiedeten einen Plan. Am folgenden Tag erschien Walter bei dem Wachoffizier und erzählte ihm mit heller Entrüstung, er habe soeben erfahren, daß ich, ein verfluchter Ketzer, seine Schwester entführt hätte. Er müsse mich unbedingt sprechen, damit er erfahre, wo er sie finden könne.

Er spielte seine Rolle so echt, daß er in meine Zelle geführt wurde, wo er mir zu meiner, wie ihr euch denken könnt, nicht geringen Verwunderung die heftigsten Vorwürfe machte. Schließlich packte er mich in gut geheuchelter Wut sogar am Halse, als wenn er mich erwürgen wollte, und auf einmal fühlte ich, wie ein kalter und scharfer Gegenstand an meiner Brust heruntinterglitt. Da ich gefesselt war, hatte ich Mühe, ihn herauszuholen, aber schließlich gelang es mir. Es war eine kleine Feile, und auf einem Zettel, der dabei war, stand, ich solle die Handschellen durchfeilen und mich in der Nacht, wenn der Wärter seine Runde machte, bereithalten.

So war ich denn, als die Tür meiner Zelle aufgeschlossen wurde, nicht sonderlich überrascht, unter einer Augenmaske Peters Raubvogelnase zu erblicken. Ich hatte in unruhiger Erwartung schon hundertmal die Zelle durchmessen, und so waren meine Beine richtig in Schwung, so daß ich ihm sofort folgen konnte, als er mit einer Laterne und dem Schlüsselbund wie der richtige Gefängniswärter vor mir herschritt. Später erfuhr ich weitere Einzelheiten über die Durchführung des Unternehmens, aber die tun hier nichts zur Sache.

Draußen erwartete uns Walter mit Donner und zwei anderen schnellen Pferden, und sofort ging's ab wie die wilde Jagd. Alles wäre gut abgelaufen, aber, ohne daß wir davon wußten, war noch ein anderer Flüchtling unterwegs, und ehe wir uns versahen, ritten wir mitten in dessen Verfolger hinein. Das waren keine Waschlappen wie der Gefängniswärter, sondern Soldaten des Königs unter der Führung eines auf Beförderung versessenen jungen Offiziers. Als er unseren Erklärungen keinen Glauben schenkte, blieb uns nichts übrig, als mit Gewalt durchzubrechen. Was sich dann weiter ereignete, kann ich nicht sagen, denn ich wurde vom Pferd gehauen und verlor das Bewußtsein. Als ich wieder zu mir kam, lag ich in einem Bauernhaus in der Nähe der Küste und erfuhr, daß bereits eine Woche vergangen war. Peter war es gelungen, mich aus dem Getümmel herauszuziehen. Er hatte mich quer über seinen Sattelbogen geworfen, war mit Donner durchgesprengt und auf der Straße davongaloppiert. Die Soldaten hatten es anscheinend nicht der Mühe wert gehalten, uns nachzujagen und ihre erste Beute im Stich zu lassen, zumal sie noch einen weiteren Gefangenen dazubekommen hatten.«

Es entstand ein langes Schweigen. Als Richard weitersprach, lag tiefe Trauer in seiner Stimme, und Anne fühlte, wie schwer es ihm wurde, seinen Bericht fortzusetzen.

»Ja, Anne«, beantwortete Richard ihre stumme Frage, »Walter wurde gefangengenommen. In der Dunkelheit, mit meinem Körper vor sich auf dem Sattelbogen, konnte Peter nichts weiter tun als ihm zuzurufen, uns zu folgen. Aber er kam nicht. Als ich einige Zeit später das Bewußtsein wiedererlangte, geriet ich außer mir vor Wut und Schmerz. Doch in ruhigen Augenblicken mußte ich einsehen, daß Peter alles getan hatte, was unter den gegebenen Umständen möglich gewesen war. Es blieb noch eine Aufgabe übrig – festzustellen, wo Walter war, und zu überlegen, ob wir für ihn das gleiche tun könnten, was er für mich in so selbstloser Weise getan hatte.

Sobald ich wieder einigermaßen erholt war, verließ mich Peter, um Walter zu suchen. Als ich schon fast verzweifelte und mich selber aufmachen wollte, kam er zurück mit schlimmeren Nachrichten, als ich gefürchtet hatte. Walter war als rückfälliger Ketzer zum Tode verurteilt und ein paar Tage später zusammen mit John Frith und einem anderen jungen Gottesreiter auf dem Scheiterhaufen verbrannt worden.

Peter hatte die drei sterben sehen, und er weinte wie ein Kind, als er mir erzählte, wie mutig, ja wie freudig sie in den Tod gegangen seien, und wie jeder von ihnen mehr darauf bedacht war, den anderen Mut zuzusprechen als auf das eigene Leiden zu achten.

Nachdem nun nichts mehr zu hoffen war, gelang es uns mit Hilfe treuer Freunde, die Küste zu erreichen, wo ein freundlicher Fischer uns in sein Boot nahm und hier in die Nähe von Antwerpen brachte.«

Die Stille, die nun folgte, wurde nur durch das Schluchzen der Frauen unterbrochen.

»Laßt uns Gott preisen für diese treuen Streiter Christi, die mit Ihm gelitten und mit Ihm die Glorie Gottes schauen werden«, William Tyndale sprach diesen Satz mit fester Stimme.

FAIRLAWN 1537

Katherine Selby trat zurück und betrachtete mit Befriedigung das Werk ihrer Hände. Die große Halle sah wirklich festlich aus zur Begrüßung des neuen Herrn und der neuen Herrin von Fairlawn. Große Zweige frischen Herbstlaubs leuchteten braun, golden und purpurrot, die Strahlen der Sonne spiegelten sich auf den blanken Möbeln, und der Tisch war festlich gedeckt. Der Fußboden war mit frischen Binsen bestreut, und in den Leuchtern an den Wänden steckten neue Kerzen. Anne würde sofort sehen, daß alles liebevoll gehegt und gepflegt worden war.

Als sie draußen Hufschlag vernahm, eilte sie hinaus und sah gerade noch, wie Sir John Walsh seine Frau vom Reitkissen herunterhob.

»Wir bitten um Verzeihung, Fräulein Selby, daß wir so unangemeldet hier ankommen«, sagte er. »Aber meine Frau und ich vergehen vor Ungeduld. Richard steht uns so nah wie unser eigenes Kind, und Elizabeth kann einfach keinen Tag länger warten, ihn und auch Anne zu sehen.«

»Und die Kinder«, fügte Lady Walsh leise hinzu, und sie wechselte mit Katherine einen warmen Blick des Verstehens. Als sie Hut und Mantel abgelegt hatte, setzten sich alle drei ans Fenster, um die Straße zu beobachten, während ein Diener Wein und Kuchen brachte.

»Neun lange Jahre!« sagte Sir John schließlich. »Im Sommer 1528 haben sie uns verlassen. Ja, wir sind alle um reichlich neun Jahre älter geworden; die Jahre machen sich doch bemerkbar. Aber man sollte kaum glauben, daß es vor zwei Jahren noch so aussah, als wenn ihre Rückkehr in weiter Ferne läge.«

»Das war, als unser lieber Tyndale starb«, ergänzte Katherine Selby. »Er hatte ja kein anderes Ende erwartet, aber die Gefahr war so oft an ihm vorübergegangen, daß Anne noch ganz zuversichtlich schrieb, als er im Winter 1534 Pate über Klein-Walter wurde. Das war nur wenige Monate vor seiner Verhaftung.«

Diesen Worten folgte ein bedrücktes Schweigen, denn alle dachten daran, wie er ein ganzes schweres, langes Jahr im Gefängnis gelegen hatte, bis man ihn eines Tages auf den Marktplatz von Vilvoorde bei Brüssel schleppte, wo man ihn erwürgte und seinen Körper auf dem Scheiterhaufen verbrannte.

»Wo die Not am größten, ist Gott am nächsten!« bemerkte Elizabeth Walsh. »Als Tyndale mit seinem letzten Hauch Gott den Herrn anflehte, er möge dem König von England die Augen öffnen, ahnte er nicht, daß sein Flehen so bald erhört werden würde.«

»Die Augen des Königs werden von seltsamen Krankheiten heimgesucht«, meinte Katherine Selby mit leichtem Naserümpfen. »Er mag heute etwas sehen, und morgen ist er für dieselbe Sache blind.«

Alle nickten verständnisvoll, aber es wurde nicht weiter darüber gesprochen, denn Sir John lenkte die Unterhaltung in ein unverfänglicheres Fahrwasser, indem er die Gastgeberin fragte, wie es komme, daß Richard und Anne endlich bereit gewesen seien zurückzukehren.

»Nun, Dick hatte immer mit William Tyndale zusammengearbeitet, und mit dessen Tode war das Band, das sie so eng aneinandergeknüpft hatte, zerrissen. Vielleicht hätte er sich Coverdale angeschlossen, der ja Tyndales Werk vollendete, oder er wäre nach Deutschland zurückgegangen, aber seine Wunde, die er damals auf der Flucht erhalten hatte, machte ihm zu schaffen. Und dann haben sich die Verhältnisse hier ja auch gründlich geändert.«

»Ja, ja«, fiel Sir John freudig ein, »das war ein schöner Tag für uns, als der gottesfürchtige Herr Latimer unser Bischof wurde. Er spricht offen gegen den Aberglauben und den Mißbrauch des geistlichen Amtes, und er besteht darauf, daß uns die Heilige Schrift in unserer Muttersprache gegeben wird. Seine Freundschaft mit dem Kanzler und dem Erzbischof ist ein großes Glück für uns. Er hält es uns nicht nach, daß wir geholfen haben, Tyndales Bibel zu verbreiten.«

»Dann kam Martin Strange zu mir«, fuhr Katherine Selby fort. »Fairlawn wäre ja ihm zugefallen, wenn Walters Vermögen eingezogen worden wäre. Aber auch er hat das Ohr des Kanzlers, und er erreichte, daß es an Dicky fiel, wie es Walter ja auch gewollt hatte. Schließlich kam diesen Sommer mit königlicher und erzbischöflicher Genehmigung Coverdales Bibel heraus. Jetzt war die Zeit des Schmuggelns bei Nacht und Nebel und des Verbrennens der kostbaren Bücher und derer, die sie lasen, vorüber, und wir alle drängten sie, nach Hause zu kommen – und jetzt können sie jeden Augenblick hier sein.«

Sie stand auf, machte einige Schritte durchs Zimmer und kehrte dann zu ihren Gästen zurück.

»Ich erlebte die Anfänge dieses Kampfes an der Bibel, die mein Vater besaß. Es war die, die Wiclif vor mehr als hundert Jahren übersetzt hatte. Ich bete, daß solche Zeiten der Zwietracht und der

Verfolgung nie mehr wiederkehren mögen und daß alle Menschen in Ruhe und Frieden das Wort Gottes in ihrer Muttersprache lesen können.«

Sie sprach ruhig, aber mit tiefer Bewegung und großem Ernst. Sie konnte nicht wissen, welch langer Weg des Streits und der Verfolgung, härter noch als bisher, zurückgelegt werden mußte, bis die Bibel in englischer Sprache endlich wirkliches Heimatrecht im Lande bekam.

Plötzlich flog die Tür auf, und eine aufgeregte Magd stand auf der Schwelle.

»Madame, sie kommen!« rief sie. »Der Stalljunge hat sie gesehen und sagt, sie wären gleich hier.«

Mit einem Knicks verschwand sie, um in die Küche zu eilen. Fräulein Katherine und ihre Gäste gingen auf die Terrasse hinaus, um Ausschau zu halten. Die Magd hatte sie aber irregeführt, denn kaum hatten sie die Terrasse betreten, als sie die Erwarteten bereits um die Hausecke biegen sahen, und im nächsten Augenblick waren Richard und Anne mitten unter ihnen.

Da gab es ein freudiges Wiedersehen! Anne weinte helle Tränen der Freude, aber auch Tränen der Trauer, und auch Tante Katherine schämte sich der ihren nicht. Die Erinnerung an den Vater, die Gedanken an Walter, Cäcilie und ihr Baby, aber auch an alle Gefahren, Ängste und Nöte der vergangenen neun Jahre überwältigten beide und ließen sie keine Worte finden. Schließlich traten sie aber beiseite, und Anne legte ihrer Tante das kleine Bündel in die Arme, das sie bis dahin getragen hatte.

»Hier ist ein kleines Menschlein, das du besonders in dein Herz schließen mußt, liebe Tante«, sagte sie, unter Tränen lächelnd. »Sie trägt deinen Namen, unsere kleine Katherine, unser Jüngstes. Und hier sind Dicky, Jane und Walter, die sich schon darauf freuen, dich kennenzulernen und liebzuhaben. Ich weiß, du wirst sie ebenso lieben wie früher Walter und mich.«

Dann kamen die drei schüchtern näher, angeführt von Dicky, der mit seinen acht Jahren wußte, daß er der fünjährigen Jane und dem erst drei Jahre alten Walter vorangehen müsse. Und Tante

Katherine umschlang sie alle mit liebenden Armen, küßte sie der Reihe nach und nahm sie dann mit ins Haus in das große Kinderzimmer, das sie für sie eingerichtet hatte.

Anne blickte ihnen nach; dann wandte sie sich an Richard, und ihre Tränen begannen erneut zu fließen.

»O Dick, noch nie habe ich so deutlich gefühlt wie jetzt, wie sehr sich mein Herz nach der Heimat gesehnt hat. Wie haben wir nur die langen Jahre in der Fremde ertragen können?«

»Kopf hoch, Liebste! Du brauchst nicht mehr zu weinen. Dies ist ein Tag der Freude und der Dankbarkeit, nicht der Tränen! Hier sind Herr und Frau Walsh. Sie warten darauf, dich zu begrüßen und dir eine glückliche und freudenreiche Heimkehr zu wünschen.«

Dann schritt sie mit den anderen durch die große Tür in die vertraute Umgebung ihrer Mädchenjahre, und nachdem die erste Erregung abgeklungen war, versammelten sich alle im Wohnzimmer.

»Es kommen noch mehr Gäste, Anne«, sagte ihre Tante gerade; da ging die Tür auf, und Martin Strange wurde angemeldet. »Ich bin noch nicht dazu gekommen, es euch zu sagen«, flüsterte sie schnell, »sein Vater ist tot.«

Es entstand verlegenes Schweigen. Dann erhob sich Richard, um den neuen Gast zu begrüßen. Einen Augenblick lang standen sie da, Auge in Auge, genau wie damals, vor derselben Tür. Anne durchfuhr bei der Erinnerung daran ein plötzlicher Schrecken. Kam Martin wirklich als Freund – oder führte er wieder etwas anderes im Schilde?

Aber sie brauchte nichts zu befürchten. Martin antwortete auf Richards Begrüßung mit Worten aufrichtiger Freude, und als beide sich fest die Hand drückten, wußte Anne, daß die Vergangenheit vergeben und vergessen war. Er begrüßte auch sie mit großer Herzlichkeit. Da erblickte sie hinter ihm einen Knaben, der etwa so alt sein mochte wie Dicky.

»Sei herzlich willkommen, Martin. Wir stehen tief in deiner Schuld für deine Bemühungen, die es uns erst ermöglichten, in unser Haus zurückzukehren. Aber wer ist denn der kleine Junge?«

Martin wandte sich um, lächelte ihn freundlich an und schob ihn sanft vor Anne hin.

»Das ist Ted, der älteste Sohn meines Vetters. Jetzt, wo meine Eltern tot sind, bin ich allein. So habe ich mich nach einem Erben umgesehen. Der Vetter, den ich dazu ausersehen hatte, starb kürzlich an einer fiebrigen Erkrankung und ließ seine Frau mit diesem Jungen und einer Schar kleinerer Brüder und Schwestern zurück. Als ich ihr den Vorschlag machte, die Führung meines Haushalts zu übernehmen, nahm sie freudig an. Ich hoffe, Anne, daß du dich ihrer annimmst, und daß deine Kinder die Spielgefährten der ihren werden.«

Anne zog Ted mütterlich in ihre Arme. Dicky und Jane stürzten sich auf ihn und schleppten ihn in eine Ecke, wo sie ihn mit einer Flut von Fragen über ihre neue Heimat bestürmten. Die kleine Katherine saß auf dem Schoß ihrer Tante. Sie war in ihrer ausgelassenen Freude der Mittelpunkt der kleinen Gruppe. So merkte niemand, daß die Tür aufging und ein hagerer alter Mann im Priesterrock auf der Schwelle erschien. Als Anne den Kopf wandte, um nach den Kindern zu sehen, erblickte sie ihn plötzlich. Sie sprang auf und eilte ihm mit vorgestreckten Armen entgegen.

»Pater Matthias!« rief sie. »Wie freue ich mich, Euch zu sehen! Dick, Dick, komm und begrüße Pater Matthias! Guter Freund, wie oft haben wir an Euch gedacht und uns gefragt, wie es Euch in diesen schweren Zeiten wohl ergangen sein möge.«

Er strahlte alle mit glücklichem Lächeln an. »Gott dem Herrn sei Dank, daß Er euch in die Heimat zurückgeführt hat und daß Fräulein Selby jetzt nicht mehr allein zu sein braucht. Hier in diesem stillen Winkel haben wir abseits von den Kämpfen gelebt, in die ihr verwickelt wart. Doch unsere Gedanken und Gebete waren mit euch.«

Er schritt ins Zimmer hinein, und da sahen alle, daß er ein Buch unter dem Arm trug. Zur allgemeinen Überraschung löste sich Dicky auf einmal aus der Gruppe der spielenden Kinder und ging langsam, wie von einer unsichtbaren Macht gezogen, auf den Pater zu.

»Was ist das für ein Buch, Vater?« fragte er.

»Die Bibel, mein Junge, die englische Bibel! Sie trägt zwar den Namen des Herrn Coverdale, aber der größte Teil ist das Werk unseres guten Freundes, des Herrn William Tyndale.«

Dicky strich mit seinen kleinen Händen über den Einband.

»Es scheint ein sehr kostbares Buch zu sein. Warum habt Ihr es mit nach Fairlawn gebracht?« fragte er.

»Das habe ich aus einem ganz besonderen Grunde getan«, antwortete der Pater. Dann ging er auf Richard zu und legte das Buch ehrfurchtsvoll in seine Hände.

»Viele Jahre lang habt Ihr, Herr Carver, für unsere englische Bibel gearbeitet und Mühsal und Not gelitten. Sie ist uns jetzt zu eigen gegeben, aber nicht als ein Geschenk der Kirche, sondern derer, die diese Kirche jahrelang verstoßen und verfolgt haben. Wir verdanken sie auch den Laien – den Druckern, die sie unter Gefahr ihrer Existenz, ja selbst ihres Lebens druckten, den Seeleuten, die sie über den Kanal zu uns brachten. Wir verdanken sie den Kaufleuten, wie Euch selber, und Euren Brüdern im Englischen Haus in Antwerpen und anderswo. Wir verdanken sie den einfachen Leuten, wie Hubert dem Hausierer, die sie unter größter Gefahr im ganzen Lande herumtrugen. Ihnen allen verdanken wir diese neue Coverdalesche Bibel, die jetzt mit der ausdrücklichen Erlaubnis des Königs hergestellt und verbreitet wird.«

Er blickte die Anwesenden der Reihe nach glücklich und dankbar an, als ob er sie alle in seine Ehrenliste einschließe. Dann blieben seine Augen wieder auf Richard haften.

»Morgen muß ich auf Befehl des Königs dieses Buch im Chor unserer Pfarrkirche in Raven Abbas niederlegen, damit jeder, der will, es lesen kann. Wie früher der Ritter sein Schwert vor dem Altar niederlegte, so wollen auch wir dieses Schwert des Geistes darbringen und es in neuem Glanz als scharfe Waffe für unseren Kampf um den Sieg des reinen Wortes Gottes zurückempfangen. Wollt Ihr, Herr Carver, dabei neben mir stehen, stellvertretend für alle jene Namenlosen und Unbekannten, deren Tätigkeit durch den Sieg so herrlich gekrönt wurde?«

Richard stand unbeweglich und blickte auf das Buch nieder, das er in seinen Händen hielt. Wie viele treue und vielgeliebte Freunde hatten ihr Leben dahingegeben, damit dieser Tag komme! Die Aufgabe, die ihm Pater Matthias anbot, war zugleich demütigend und erhebend. Doch er nahm mit Freuden an, denn er wußte, wie freudig jeder einzelne jener Freunde dort gestanden hätte, wo er morgen stehen sollte. Er reichte Pater Matthias die Bibel zurück.

»Lest uns doch bitte, bevor wir zu Tisch gehen, einige Verse aus dem Buch vor, lieber Pater.«

Der Geistliche schlug die Bibel auf und blätterte mit geübter und sicherer Hand, bis er eine bestimmte Stelle gefunden hatte. Dann sah er auf und rief die Kinder zu sich.

»Diese Worte sind besonders für euch. Hört zu und merkt sie euch gut!« Und dann las er:

»Wir haben allenthalben Trübsal, aber wir ängstigen uns nicht. Wir sind wohl arm, aber wir werden viel Gutes haben. Wir leiden Verfolgung, aber wir werden nicht verlassen. Wir werden unterdrückt, aber wir kommen nicht um. Darum werden wir nicht müde, denn ob auch unser äußerlicher Mensch verdirbt, so wird doch der innerliche von Tag zu Tag erneuert. Denn unsere Trübsal, die zeitlich und leicht ist, schafft eine ewige und über alle Maßen wichtige Herrlichkeit!«

Er schloß das Buch langsam und legte es beiseite.

»Das ist ein wahres Wort«, fügte er noch hinzu. »Es gilt für die Männer, die wir morgen ehren wollen, und für die Christen aller kommenden Zeiten.«

Folgende weitere Titel sind in dieser Reihe erschienen:

Jane Grayshon
Hinter dem Schmerz die Liebe
Eine Frau erfährt im Leiden Gottes Hilfe
144 Seiten, Bestell-Nr. 221 923

Louis de Wohl
König David
304 Seiten, Bestell-Nr. 221 924

Edna Hong
Tal der Liebe
Ein Junge entdeckt das Leben
160 Seiten, Bestell-Nr. 221 925

Homer E. Dowdy
Der mit den Geistern sprach
Ein Schmane findet zu Gott
192 Seiten, Bestell-Nr. 221 926

Hermann Hartfeld
Irina
Die bewegende Geschichte einer jungen Christin in Russland
368 Seiten, Bestell-Nr. 221 927

Bruder David
Gottes Schmuggler in China
10 Millionen Bibeln für das Reich der Mitte
288 Seiten, Bestell-Nr. 221 928

Gerhard Dollinger
Für drei Pfennig allerhand
Erinnerungen eines Landarztes –
Fast lauter heitere Geschichten
144 Seiten, Bestell-Nr. 221 930